英雄教室
CLASS ROOM FOR HEROES
With The Boy Of A Former Brave
新木伸
14
ILLUSTRATION
森沢晴行

「火力だって、私のほうが上だし。
——貴方、いらなくない？」

人の身でありながら、
炎の魔人を凌駕する――。
剣の主《あるじ》が、傲然と告げる。
「主《あるじ》よ！　我が火力、
思い知るがいい！」

CONTENTS

第一話　「アスモデウスの家出」―――― 008
第二話　「イオナのお誕生日」―――― 080
第三話　「王紋騒動」―――― 126

SHIN ARAKI PRESENTS
CLASS ROOM FOR HEROES
With The Boy Of A Former Brave

ダッシュエックス文庫

英雄教室14

新木 伸

ER INDEX

EARNEST FLAMING
アーネスト・フレイミング

誰もが怖れる学園の"女帝"。実質的な学園の支配者。名家の子女で、炎の魔剣の所有者。肉体を完全に燃やし尽くし"炎の魔人"モードになると戦闘力が飛躍的に向上する。

炎の魔剣《アスモデウス》

フレイミング家に代々伝わる魔剣。アーネストを真の所有者と認めてからは何かと力を貸してくれる。ちょっとお茶目なところもある?

BLADE
ブレイド

魔王を倒し、この世に平和をもたらした"元勇者"。勇者としての特別な力を失いはしたものの、素のスペックでも一般生徒と次元が違っている。本人の夢は「一般人」となることだが、"超生物"扱いを受けてしまう。

勇者力

勇者のみが使える、あらゆる物理法則を無視する奇跡の力。魔王との決戦で力を使い果たし、現在は使えない。

Cú CHULAINN
クーフーリン

ドラゴンベビーの人化した姿。ブレイドにワンパンで倒されて、刷り込みを受ける。「親さまー」と懐きまくり。半竜モードになったり、食べ過ぎると身体が大人になったりと忙しい。

竜形態

強敵との戦闘では竜の姿になる。尻尾を「ドラゴンジャーキー」としてアーネストに食べられることも。

SOPHITIA FEMTO
ソフィティア・フェムト

実力的にはアーネストに次ぐ学園のナンバー2。無表情かつ無感動かつ無関心の、クールビューティ。その正体は、勇者を越えるべく作られた『人工勇者』。

シスターズ

"人工勇者プロジェクト"で作成されたソフィのクローン。肉体は滅びたが、その魂はソフィの心の中に宿り、共に生き続けている。

IONA
イオナ

「王立禁書図書館」を守護するガーディアンだったが、ブレイドに何度もぶっ壊されて復讐を誓い、学園にやって来た。自爆する定めをブレイドに助けられて以来、マスターと呼び懐いている。

バーサーカー

ガーディアンの中でも、マザーとの回線が切断され、自爆機構すら働かなくなった異常個体のこと。見境無く人間を襲う。

MAO／MARIA
魔王／マリア

魔王と人間の母親との間に生まれたハーフ。絶大な力を持つが、普段は下級クラスの優等生・マリアの身のうちに封印されている。魔法の実力は学園でもトップクラス。自称ブレイドの"愛人"。

魔王力

"勇者力"と対をなす力。あらゆる物理法則を無視し、奇跡を起こす。今の魔王はまだこの力は使えない。

CHARACT

CLAIRE
クレア

女の子らしく心優しい少女。固有スキル「復元」を持ち、死んでさえいなければ瀕死の重傷も元に戻すことが可能。見た目のわりに怪力で、とげとげメイスで敵を撲殺する天使。最近、巨大化する技を覚えた。

LUNARIA STEINBER
ルナリア
シュタインベル

アーネストの最大のライル。氷の魔剣を使いこす天才。天才故、何をても簡単にできてしまい努力型のアーネストをイつかせる。

氷の魔剣《ブリュンヒルデ》

《アスモデウス》と双璧をなす大陸に名高い魔剣。ルナリア幼少のころより魔剣の正統な所有者として認められてきた。

YESSICA
イェシカ

クレアの親友。褐色の肌と健康的な色気が魅力の美少女。自由奔放でいろいろフリーダム。軽快な身のこなしと〝鉄扇〟という特殊な武器を使う。じつは学園に潜入していたスパイ（諜報員）だった。正体は皆にバレてしまったが、受け入れられている。隠し事がなくなっていますごく幸せ。

LENOARD
レナード

上級クラスに所属する槍使い。イケメンで優雅な口調だが、好意を寄せるアーネストには振り向いてもらえず、何かと不遇な扱いを受ける。あらゆる攻撃を10秒間だけ防ぐバリアを張れるなど、戦闘能力はちゃんと高い。

SARA
サ

風の魔剣シルフィードの所有者アーネストの結婚を巡るドタバタローズウッド学園に留学することに剣聖の弟子で天才的な剣の腕をち、天真爛漫な性格。

CLAY
クレイ

上級クラスの数少ない男子の一人。真面目イケメン戦士。イェシカのことが好き。得意技は破竜穿孔（ドラグスマッシュ）。魔剣《ブリファイア》の所有者となってからは、破竜饕餮（ドラグイーター）も撃てるようになった。

ELIZA MAXWELL
イライザ・マクスウェル

飛び級で学園に入っている天才科学者。古代の超科学を研究し、有用なアイテムを作り出すことができる。さらに魔法の天才でもあり、魔法戦闘だけならトップクラス。

GILGAMESH SOULMAK
ギルガメッシュ
ソウルメーカ

ブレイドを学園にれてきた張本人かつて八ヶ国同を率いて魔王軍戦った名君。…なのだが、学長就任して以来、「戦的訓練」の名下に様々な無茶りを生徒達にかまトラブルメーカー。

KASSIM
カシム

クレイドの親友。お調子者のアサシン。クレアのことが好きで、彼女の黒髪をよくガン見している。戦闘スタイルは、ナイフ二刀流の暗殺者スタイルで、毒をつかった武器や技が得意。

SEIREN
セイレーン

国王の側近で、国の宰相。ナイスバディな大人の女性。国王のことを“ギル”と呼ぶ。物腰は穏やか。でも怒るとすごく怖い。

DIO
ディオー

セントール族の性。勇者時代のレイドと共に魔王と戦った将軍。雄レベルの戦闘を持つ。

第一話　「アスモデウスの家出」

○SCENE・Ⅰ「いらなくね？」

いつもの午後。いつもの第二試練場での実技教練。

ブレイドはいつものように剣を構えて、アーネストと向かい合っていた。

アーネストの相手ができる者は限られている。

ブレイドのほかには、ルナリアぐらいなものだった。他の面々も上位クラスの、いわゆるビッグ12《トウエルブ》であれば相手は一応できるのだが、それぞれ〝変身〟する必要がある。大事になってしまう。

ルナリアの場合は互角だが、あまりに互角すぎて、いつも立てなくなるほどの大決戦になってしまう。ちなみにこれまで〝雌雄《しゆう》〟が決されたことは一度もない。

「さーて、そろそろ、あったまってきたわよー」

アーネストが言う。ぺろりと唇を舐《な》める。

「だーら、いつも言ってるだろ。おまえらギアが上がるのが遅すぎるって。そんなんじゃ、こっちの業界じゃ通用しないぞ」

「どこの業界よ」

勇者業界だが。

「魔・人・変――っ！」

アーネストが、なんか言う。最近、なんか言うようになった。

あれってカッコいいな。意味はないのだけど。変身するとき、なんか言ってポーズつけるのって。

だが残念ながらブレイドには変身モードはない。元勇者は一般人なので、ビッグ12《トゥエルブ》なら誰でも持ってる変身モードを持ってない。一般人なので。

「……？」

アーネストの変身を待っているのだが……。
一向に炎が上がらない。変身しない。

アーネストは、手にした剣――《アスモデウス》を、じっと見るばかり。

「どしたん？」

ブレイドは、聞いた。

「これ、いらなくね？」

アーネストは、そう言った。

「だから、どしたんだー？」

「これ……。なくても変身できるのよね……」

アーネストは、手にしていた魔剣を、ぽいっと、ほうり出した。

「ほらっ」

ぼうっと、手が燃え上がる。――いや。炎化している。

『あ、主《あるじ》――!? 我も一緒だ！　一緒なのだ！』

ぽい捨てされていた《アスモデウス》が、炎の玉となって飛びこんできた。
だが、ひょいと、アーネストに避けられる。

『なぜ!?』

「だって、いらなくね？」

アーネストは疑いの視線を、《アスモデウス》に送る。

『いる!　いりゅうぅ!!』

《アスモデウス》は必死だ。

「あなたいなくたって、変身できるのよね。なんとなくこれまで惰性《だせい》で使ってきていたけど、そこそこ丈夫で、折れてもまた生えてくるから大丈夫な剣――ぐらいの意味しかないのよ。いまのあなたって」

――と、アーネストは言った。言い切った。

『ノオォォ――ッ!!』

絶叫があがる。

剣身をぶるぶると震わせて、《アスモデウス》が慟哭《どうこく》する。

『主《あるじ》は我がいらないと申すのかー！』

ぼふんと、剣身の上に精霊体が現れる。

二頭身のマスコットバージョンだ。

「あとあなた、なんか最近ちょっとキモい」

アーネストは、さらに追い打ちをかける。

「マッチョ気取って大きかったときも言いたいことはあったけど。最近のそれ？　ちっちゃいバージョン？　カワイく見せてんの？　保護欲そそろうとしてんの？　キモいのよ」

ずびゅっと大きくなる《アスモデウス》。腕組みをして尊大に——。

「だからマッチョ気取んなっつーの。コケおどしが」

『どーすればよいのだ！』

ちっちゃいほうに戻る。

「剣の主《あるじ》たるこの私が、あなたは不要かもしれないって言ってんの」

『不要なはずがあるか！　我は剣！　我は力！　主《あるじ》の定めたものを、我は破壊し滅ぼし尽くす。それが我と主《あるじ》との契約なり！』

「だからなんか役に立ってる？」

アーネストは疑いのまなざし。

『火力！　火力は大事っ！』

「その火力だって、わたしのほうが上じゃないの」

『主《あるじ》よ！　それは我に対する挑戦か!?』

「挑戦っていうか、単なる事実だし」

二人は睨《にら》みあった。

《アスモデウス》が剣身を燃え上がらせる。アーネストも片腕を燃え上がらせる。

剣身から噴き出た炎が、ごうっと、背丈よりも高い柱となる。

「ふんっ」

二倍する勢いで、アーネストの火力は跳ね上がった。

『ふぅん～ぬぬぬぬおぉぉ～～～っ！』

《アスモデウス》が咆哮《ほうこう》をあげる。限界まで炎を振り絞《しぼ》る。

「そんなものなの」

アーネストは、鼻で笑うと、さらに火力を二倍した。

『はうわわわ～……』

情けない声とともに、《アスモデウス》の火が、ひょろひょろと消えていく。

人間に炎の出力で上回られ、《アスモデウス》は、がっくりとうなだれた。

「わかったかしら？　変身のキーアイテムでもない。火力もない。そんなあなたに、いったいなんの価値があるって？」

『はぅわわわわ～……』

アスモデウスはなにも返せない。精霊体の輪郭《りんかく》もじわりと歪んで定かではない。

「アンナ。そのくらいにしておいては？」

見かねたのか、ルナリアが出てくる。

いつのまにやら、人だかりができていた。みんな、成り行きを見守っている。

「仮にも〝王家に捧げる四本の剣〟ともいわれるほどの名剣。……ほ、ほらっ、歴史的価値は間違いなくありますわよ？」

「売ったら高く売れる？」

『ひぃぃぃ！』

《アスモデウス》が叫ぶ。もう悲鳴だ。

「ま、まあ……、いまのわたくしたちのレベルからすると、若干《じゃっかん》、力不足なのは否《いな》めませんが……」

ルナリアがおずおずと言う。その隣に、ふいっと、氷の鎧《よろい》を着た美女の精霊体が現れる。

「ああっ！　――《ブリュンヒルデ》！　あっ！　いえっ！　わたくしはそんなこと、ちっとも思っていませんから！」

『貴方《あなた》……』

『我を……、我を見るな……、見ないでくれぇ……』

うなだれる《アスモデウス》は、妻？　――の呼びかけにも顔を上げない。

「あっ、《ブリファイア》……、俺はべつにそんなこと思ってないからね？　むしろ俺のほうが力不足だと思ってるから」

クレイの声がする。その隣に《ブリファイア》の精霊体の姿もある。
ワンピースの華奢《きゃしゃ》な少女は、父親？　——のうなだれる背中をじっと見つめる。

『パパ……』
『見ないでくれぇ……、くりぇぇ……』

《アスモデウス》は、ただ縮こまって嗚咽《おえつ》するばかり。ひたすらに哀れを誘う。

「どうしたんですか？」
『アスモっちゃん？　なに黄昏《たそが》れてんのよー？』

サラと《シルフィード》までやってきた。
すっかり魔剣同窓会だ。

途中からやってきたサラたちのために、ブレイドは説明することにした。

「アーネストが、《アスモデウス》いらなくね？　って言ったら、こーなってさー」

『ぶはははは！　所有者に捨てられる魔剣！　やばい超ウケる！』

《シルフィード》のけたたましい笑い声が、とどめとなった。

『うわあぁぁ――――ん！』

《アスモデウス》は、走っていってしまった。

『貴方！』

『パパ！』

「えっ！　ちょ――――！」

「ととっ――――！」

《ブリュンヒルデ》と《ブリファイア》に引っ張られる形で、ルナリアとクレイも駆けてゆく。

『なんかオモシロそうだから、ついていこー！』

「いまのはひどいと思うよ。——シルフ」

《シルフィード》とサラも行ってしまう。


「……まったく。……情けない」


ふんと、荒い鼻息をついて、アーネストはそう言った。

その目は、立ち去る一団を見つめている。

いや……、アーネストの目が見ているのは、煤《すす》けた背中をみせる《アスモデウス》のほうか。

ブレイドはそう思った。

○SCENE・II「悪い女」

「悪い女だって、そう思ってるでしょ？」

夜、アーネストの部屋。

訪れたブレイドに向けて、キャミソール姿のアーネストは、そう言った。

ブレイドは、お菓子を探すのに忙しい。

女子の部屋には、だいたいお菓子がある。女子会にお邪魔するとお菓子にありつける。男子会だと乾パンぐらいしか出ないのに、えらい違いだ。

ようやく見つけて、チョコクッキーをぽりぽり食べながら、ブレイドは答えた。

「いや」

「じゃあ、酷《ひど》い女だって思ってる？」

「それって、どう違うんだ？」

ブレイドが笑みを浮かべながら聞くと、アーネストも笑った。

「だいぶ違うわよ。……そうね。悪い女のほうが、すこし、いいほうかな」

「悪いのに？」

「そ。悪いのに」

よくわかんない。ま。そこはわかんなくていいんだと思う。

ブレイドにも、そのくらいは空気が読める。

「――で、なんで悪い女、やってたんだ？」

「すごい。ブレイドがわかってくれてる」

アーネストから感心されてしまった。

ひどい。

「わざと挑発していたことくらいは、わかってたぞ。なんでなのかは、わかんないけど」

それを聞くために、夜、アーネストの部屋を訪れたのだ。

「オトコって甘やかすとダメになるやつ多いでしょ」

「うん？」

「うちだとクレイくらいなんじゃないの？　マザーちゃんやブリちゃんやサラちゃんから、甘やかされまくっていて、それでも腐らず、健全に成長してる男子って」

うん？　いつものあれって、甘やかされてるのか？

てゆうか……？

「〝甘やかす〟——って、どんなん？」

「あんたはそこからだっけ。ええと……、ほら、あんたがいつもソフィにやられているようなこと。クーちゃんとアイン、ツヴァイにやっているようなこと」

ああ。なんとなくわかった。

エサあげたり、ブラッシングしたりグルーミングしたり、なでなでしたりすることとか。

ソフィからは、なでなではしてもらわないけど、ぎゅっとしてもらえたりする。あれはよいものだ。

そうか。あれが〝甘やかす〟か。

「あれ？　……そうすると、俺、みんなから甘やかされまくりじゃね？」

みんなからエサもらってる。カツカレー持ってきてもらえる。

みんなからスキンシップよくされる。ブラッシングあるいはグルーミング的なことをしてもらえる。特に女子一同。

ええと、クレイ以外全員、甘やかされるとダメになる側なんだよな？

それじゃあ……。自分って……。

いまダメ？　ダメ男？　腐ってる？

「ああうん。訂正《ていせい》。甘やかしてもダメにならないのは、うちだとクレイとブレイドぐらいね」

「ああ。よかった」

ブレイドは、ほっとした。

勇者時代は、ほんともう、大変だったのだ。

今後一生、俺、甘やかされる側でいたいと思う。

「カシムとかはダメね。あれは絶対にダメなほうね。大丈夫、おっぱい揉《も》む？　――なんて言ってくれる女子が現れたら、絶対帰ってこられなくなるわね」

「それはわかる」

完全に同意。

「レナードもダメね」

「そうかなぁ？」

「そうよ。褒《ほ》めたら舞い上がって変なこと始めるクチよ。あれ絶対」

「褒めたことないだろ」

「そういえばそうかも」

ブレイドは、その卓越した普通力によって、気がついていた。

レナードは褒められたがっているのだ。アーネストに。

「一度くらい、褒めてみたら？」

「一度くらい、褒めたことあるでしょ？」

「そうだっけ？」

「そうよ。たしか……、そのはずよ？」


アーネストと二人、顔を付き合わせて、考える。考える。考える。考える……。

あったっけ？　あったっけ？　あったっけ……？


「どうでもいいでしょ。レナードのことなんか」

「そ、そうか……」


ブレイドは心のなかでレナードの冥福《めいふく》を祈った。


「……で。《アスモデウス》も、あれはダメ男のほうなわけ」

「ふむ」

「ほら最近、戦いがけっこうパワーアップしてきてるじゃない？」

「ふむ？」

「魔界行ったり、クーちゃんのママが再来したり」

「ふむ」


魔界遠征は、あれはいい訓練だった。

魔獣の大軍勢を率《ひき》いるあたりは、楽勝だった。上級クラスの各員がそれぞれ軍団長をやったりして、イケイケムードだった。

しかし魔界四天王《まかいしてんのう》には、てんで相手にならなかった。手加減してもらっていなければ、全員、あっさりと戦死していた。


クーママ来襲のときには、完全に遊ばれていた。

向こうは授業参観ぐらいのつもりで、「クーちゃんと遊んでくれていつもありがとねー」という感じであやされていただけだったが、こちらはほぼ壊滅だ。


——とまあ、最近の戦いは、ちょっとだけハード、ちょっとだけ死線の先にある。

勇者業界の入口に、片足を踏み込んでいる。

たしかに四天王やら放蕩姫《ほうとうき》やらと戦うには、《アスモデウス》級では力不足。役者不足。

勇者業界の連中は、伝説の剣とか、伝説中の伝説の剣とか、普通に使っていた。

《アスモデウス》《ブリュンヒルデ》《シルフィード》——。

これらの剣は、〝王家に捧げる四本の剣〟という名前がついているようだが、そもそも世に知られていて、実物を目にすることのできる時点で、伝説の剣とは言いがたい。

「《アスモデウス》は、甘やかして褒めて伸びるタイプじゃないのよ。叩いて鍛えあげられるタイプね」

「むりぃ〜、とか、らめぇ〜とか、いつも言ってるけど?」

「あったりまえでしょ。鍛造《たんぞう》しようっていうんだから。バンバンぶっ叩いていまの形を変えていくんだから。激痛でしょ。だから痛がったって、泣きごと言ったって、べつにいいのよ」

「いいんだ」

「私だってちっちゃい頃は、鍛錬で泣いてたわよ」

「泣いてたのか」

「そうよぉー、お父様もお母様も容赦《ようしゃ》ないんだから。六歳の女の子に。でも泣いても喚《わめ》いても、剣だけは握って離さなかったわ」

「そっかー。おまえも大変だったんだな」

「ね？　ブレイドは、何歳から？」

「ん？」

「あなたのその強さ、私を超えるその強さ……。やっぱりおんなじくらいから、凄《すご》い鍛錬をしてたんでしょ？」

「ああ、俺は一歳からだったたな」

「い、一歳……」


アーネストは、なんでか、絶句している。


「俺、本当の年齢は知らないから。立って歩くようになってたらしいから、たぶん一歳くらい。そこからずっと、戦って、戦って、戦って――」

「ああごめん。その先は聞かないことにするわ。ごめん。なんか思ってたより、もっと壮絶《そうぜつ》みたい」


いやべつに戦っていただけだが。

技を教えてくれた恩師と戦い、倒した。殺した。

敬意を持てるほどの武人と戦い、友になれたかもしれない相手を、倒した。殺した。

戦って、殺しきれてないのは、魔王くらいのものだ。


「……で、あいつ、《アスモデウス》の場合。だいぶ前に、ぶち折れたとき、パワーアップしたでしょ？」

「いつだっけ？」

「ルネが来たときよ。学園対抗試合で戦ったとき」

「ああ。あのときか」


アーネストが魔人3《スリー》とやらに、はじめて変身したときのことだ。《アスモデウス》が折れかけて、アーネストがギブアップしようとしたとき、《アスモデウス》が言ったのだ。

我が忠誠を捧げしは、恐れを知らず決して下がらぬ者である。

——と。

「あのときのあいつ、ちょっとカッコよかったなぁ……」

アーネストは遠い目でそう言った。

それから、ちら、ちら、とブレイドに流し目を送ってくる。

わかっている。

これは〝嫉妬《しっと》〟とかゆーのを誘っているのだ。

わかっているのに、ブレイドの頬《ほお》は、ぷうと膨《ふく》れた。

「でも最近、ぜんぜんダメダメでしょ。駄剣でしょ。魔剣の格にあぐらをかいて、鍛えようともしない。だいたい、折られたのがこのまえ初めてですって？　どんだけ甘やかされて育ってきたのよ？　うちの歴代当主たち、どんだけ過保護なのよ」

アーネストのダメ出しは、歴代当主にも及んだ。

「ああいう手合いは、崖《がけ》から突き落としてやらないとだめなのよ。死にかけないと本気出せないタイプね」

「それで崖から突き落としたわけかー」

ブレイドは納得した。なるほどそういう教育方針か。

所有者とその魔剣のあいだのことだ。ブレイドがとやかく言うことではない。

——と思っていたのだが。

「ま、ちょっとは反省してるのよ?」

アーネストは悪さでも白状するかのように、そう言った。

「ちょっと言い過ぎちゃったかなって。ちょっとやりすぎちゃったかなって。はじめは演技だったんだけど、やっているうちに、なんだかちょっと楽しくなってきちゃってー」

「そういうの得意そうだもんな」

「どういう意味よ」

じろりと、にらまれる。

「でも、いきなり家出するとは思わなかったわ」

「ルナリアとクレイとサラちゃんな。寮のほうに帰ってきてないってさ」

「ま。ルネとクレイがいるなら大丈夫でしょ。サラちゃんもあれで元剣聖と一緒に旅していたから、野宿生活に慣れてるって言ってたし」

「そうだな」

ブレイドもうなずいた。どこに行ったとしても、街で都会だ。心配するようなこともない。

「ところでね、ブレイド……？」

アーネストは、キャミソールの肩紐を、なぜだかすこしずらしながらそう言った。

「なに？」

「こんな時間に女の子の部屋に来て、それでいま、二人っきりなんだけど……？　それについては、なにか？」

ブレイドは部屋の中を、きょろきょろと見回した。

「つくりって同じなんだな。どの部屋も」

ブレイドの部屋と、まるで変わらない。まったくおんなじだ。

そのことにいま気づいて感心して、それを伝えてみたのだが――。

「はぁ……」

深々と、大きなため息をつかれてしまった。

「ええ、はい……。聞いたわたしが、ばかだったわ。あなたはそういう人だもんね」

「なんか俺、ディスられてる？」

「はいはい。用は済んだでしょ。もう他にはなにも、特別で親密な、わたし個人に対する用はないんでしょ？　じゃあ帰った帰った。あと、外の連中も連れてってね」

追い出されるようにして、アーネストの部屋を出る。

ドアを開けると、ドアに耳を押しつけていた連中が、わちゃっと雪崩《なだ》れ込んできた。

「なにしてるん？」

イエシカ、カシムを筆頭に、クレアとかレナードとかイオナとか、ソフィまで——。いや、これはカトルのほうか。性的なカトルだ。

「あはははは——っ！　失礼しました——っ！」

転がるように廊下《ろうか》を逃げ出してゆく。「おいなんもなかったじゃねーか」とか、カシムがイエシカに文句を言っている。

「なんなんだ？　——まったく」

ブレイドは自分の部屋に戻った。

○SCENE・Ⅲ「家出ファミリー」

「あっちの人とかどうですかー？　すこし強そうです」

『うむ』

たたたっ、と、路地に走り込んできたサラと入れ替わりで、《アスモデウス》が通りに出る。

「うわわぁっ――!!」

突如、目の前に立ち塞《ふさ》がった大男を前に、男性は、驚き、おののいた。

全身が燃えている。そして大剣を持っている。大剣の刃は妖しく波打っていて、大変に禍々《まがまが》しい。

『汝《なんじ》――我を所有するに値するか？　その価値を示せ』

大剣を振り上げて、大男が、何か言っている。

男性は速やかに、適切かつ正しい行動を取った。

「すすす！　すいません！　いま持ち合わせ――これだけなんです！」

財布の中身を出す。渡す。逃亡する。

百メートルも逃げたところで、強盗にあったが命までは取られなかったことを――。自分の幸運に感謝するのだった。

取り残された《アスモデウス》は、しばらく、ぽかーんとしていたが、ややあって、金を手に路地へと戻った。

「あれ？　またおかねでしたか？」

サラが言う。

「これじゃすっかり強盗ですわねぇ」

ほっぺたに片手をあてて、ルナリアが物憂《ものう》げな顔をする。

「あとで返しにいかないとな」

クレイも真面目《まじめ》な顔で眉《まゆ》を寄せる。

「おかねはだいじですよ。アッシュはおかね持ってなくて——いえ持ってはいるんですけど、使える小さなおかねがなくって、いつも困ってました。剣はすごいけど、そういうところがだめな人でした」

そこらに落ちてた缶を拾ってお金を入れている。小銭がけっこう溜まってきていた。

「だいたい、なんで辻強盗《つじごうとう》なんですの？　山猿に捨てられた理由が火力でしたら、火力を磨《みが》くのが筋ではなくて？　そう、ほら——、なんといいましたっけ？　凡夫《ぼんぷ》や山猿が得意とする——そう、〝特訓〟でしたっけ。その〝特訓〟でなんとかするのが常道でしょう。それがなぜ、辻強盗？」

天才のナチュラル上からムーブで、無意識の嫌みをまじえつつ、内容的にはまともなことを、ルナリアが言った。

『だめだーっ！』

そこに《アスモデウス》が、強く反発する。

『だめだ！　火力はだめだ！　火力ではあの者に敵《かな》わぬ！』

「やってみませんか？　特訓。わたしもこのまえ特訓で、〝ぎぬろ〟ができるようになりました－」

なんて名案。サラが目を輝かせる。

『だめだ！』

「やってみないと――」

『無理だ！』

「無理かどうかは――」

『勝てぬ！　絶対だ！　火力ではあの者に絶対に及ばぬ！』

「あっ、はい」

《アスモデウス》の気迫――物凄《ものすご》い自信に、サラはたじろいだ。

これ。炎の魔神なんだけどー。

「どんどん犠牲者が増えますわよ？」

じゃらじゃらと缶を揺すって、ルナリアが言う。

「これだけあれば、今夜はどこかに泊まれますねー」

同じお金を見て、サラが違うことを言う。

「いやあのね？　ちゃんとあとで返しにいくからね？」

クレイはどこまでも真面目だ。

「それまでは借りておきましょう。じゃないとわたしたち、野宿ですよ」

「はぁ……」

クレイはため息をついた。

野宿をさせたくないチビっ子と、野宿なんてしたことのないお嬢様がいる。

『我の所有者は、いつになったら見つかるのか……』

《アスモデウス》は、うなだれて小さくなる。マスコットサイズにまでしぼんでしまう。

『貴方《あなた》……』

『パパ……』

そんなパパの姿を、同じくマスコットサイズの《ブリュンヒルデ》と《ブリファイア》が、所有者の肩の上から見つめる。

『あははー、萎《な》えてるー、アスモっちゃんがー、あのいつもオスっぽく屹立《きつりつ》していたアスモっちゃんがー、あはははー』

指さして笑う《シルフィード》を、サラが捕まえて、ぎゅーっと絞《しぼ》りあげてとっちめている。それでも笑うのをやめない。

剣たちはそれぞれ、外に出す精霊体を小さくして省エネ運行中だった。

家出した《アスモデウス》についてきた一行は、とりあえず、《アスモデウス》を励《はげ》まそうとした。

励まして、勇気を持たせようとした結果――なんでか、辻強盗をするはめになっていた。

《アスモデウス》の絶望が深い。

アーネストに捨てられたと思いこんでしまって、まったく手に負えない。

次の所有者を見つけると本人は主張するのだが、資格云々《うんぬん》の前に、強盗と勘違いされてお金を渡される始末である。

「ほんと、使えない」

腕組みをしたルナリアが、ぼそっと、不機嫌な声でそう言った。

クレイがびくりと身をすくめる。

「あなたって、顔はそこそこ良いのに、使えませんのね」

「いや……、ははは……、ごめん」

ルナリアがクレイに文句を言う。文句を言われたクレイが、反論せずに、素直に謝る。

《アスモデウス》の説得および励ましに関して、ルナリアもたいして役に立っていないのだが、全責任はクレイにあるというスタンスである。

ちなみにルナリアはこれを素でやっている。

「ルネお姉さん。そういうところだめだと思います。だから、びっち、って言われるんですよ」

サラは指摘する。

年少者であれど、臆さず、言うべきことはきちんと言う。サラはそういう子である。

「え？　え？　え？　わたくし、いまなにかだめでした？」

「え？　わかって……、ない？　まさか……、素で？」

素である。

サラにはびっくりだ。

「それよりも、いまルネって……？」

「あっ。だめですか。——じゃあルナリアお姉さん」

「いえ！　ルネでいいですわ！　そっちで！　ぜひルネと！」

「あっはい。じゃあルネお姉さん」

このひと。わるいひとじゃないんだけどなぁ。——と、サラは思った。

おとこのひとに対する態度が、素で最悪。でも美人なので悪い扱いはされない。だから気づけない。以後エンドレス。

「《アスモデウス》さんを元気づけられていないのは、わたしたちみんなです。クレイお兄さんが使えないいんじゃなくて、わたしたちみんなが、だめなんです」

子供に正論を諭《さと》され、ルナリアも素直に聞——いたりはしなかった。

「わたくしは、べつに。こんなのどうだっていいんですわ。だいたい山猿の責任でしょう。突き放すだけ突き放しておいて放置プレイ。なぜわたくしたちが他人の剣のメンタルケアまでしなくてはならないんですの?」

「じゃなんでルネお姉さん、ここにいるんです?」

「わたくしは、ただ、《ブリュンヒルデ》が心配なだけです」

ルナリアは言い切った。

だめだこのひと、ともだちいないひとだ。

「クレイお兄さん?」

サラはクレイに視線を向けた。

「俺は心配だよ？　心配してるよ？　《ブリファイア》も、もちろん心配だけど、《アスモデウス》だって友達だと思っているよ。……ほら、戦友的な意味合いで。何度も一緒に戦っているし」

さすがクレイお兄さん。人間のできているひとだ。ともだちたくさんいるひとだ。

《アスモデウス》が顔をあげる。クレイを見る。

『おまえは……、我を所有したいか？』

希望のこもった目を、クレイに向ける。

「い、いやその……」

『パパ！』

《ブリファイア》の声が鋭く割り込む。

『クレイはわたしの所有者！　取ろうとしたらパパでも許さない！　——あとクレイ！　ウワキは禁止！』

「ええーっ……？　これも浮気になるの？」

クレイが嘆《なげ》いている。一方的に言い寄られているだけなんだけど。相手、男？——なんだけど。

『そうですよ貴方《あなた》。いくらなんでも娘の契約者を奪おうとするのはよくありません』

『すこしでいいんだ……、すこし貸してくれるだけで……、し、シェアしないか……パパと？　そう二刀流をしてもらえば……』

『や！』

「あの僕の意見は」

『パパいつも言ってた！　〝熱血〟とか〝根性〟とか、そーゆーのが炎属性には大事って！　クレイにはないよ！　どっちもないから！』

「えっ？　えええ？　ええー……？　ないんだ？」

クレイは嘆いている。

《アスモデウス》の顔が、ルナリアに向いた。なにか言う前に返事がくる。

「パス！　――ですわっ！　ああもうっ！　暑苦しいっ！　なんですの？　根性？　なんですの？　熱血？　――はっ！　天才にはどちらも必要ありませんことよ」

「ルネお姉さん、わりと熱血でわりと根性系だと思いますよ？」

『貴方。私のルナリアに手を出そうというのでしたら、考えがあります』

『そんな……、我は……、ただ所有者が……、必要で……』

「ちょっと。本人を置き去りにして話を進めないでいただけます？　わたくしは嫌ですと申しております」

「ははは……。魔剣って、こういうところあるよね」

ルナリアとクレイがコメントを入れている。

『……か？　考えとは？』

『《ブリファイア》の弟妹《きょうだい》を、作っていただきます』

『そ――！　それは――!?』

『え？　弟妹できるのっ!?』


《ブリュンヒルデ》が、きっぱりと宣言する。

《アスモデウス》が絶句している。

《ブリファイア》が喜んでいる。


『いやまて、あれは――、あの行為は――。え、エネルギーがっ……』

『なんですか。《ブリファイア》のときには、貴方が無理矢理に……。なのにあのあと何度かしてるのに、貴方がエネルギーをあまり出してくださらないから』


魔剣の夜の事情。


「な、生々しい話題ですわね……」

「生々しい……のかな？　これは……？」

「生々しいんですか？」

サラはきょとんとしている。

『えっ？　パパとママで作るの？　どうやってつくるの？　知ってる？　サラ？』
「しらないよー」
『じゃあ人間は、どうやってコドモつくるの？』
「それもしらなーい」

知らないサラはあっさりと返す。

「ほら生々しくなってきましたわ」
「そ、そうだね……、生々しいから、やめようね……」
「生々しいんですか？　これ？」

知ってる二人には、生々しくてかなわない。

「そういえば、《アスモデウス》に怯《おび》えず、所有者になってくれそうな相手に、心当たりが……なくもないんだけど」

あまりの生々しさに耐えかねて、クレイが話題を変えた。

良いアイデアと思えなかったので、これまで言わずにおいたのだが……。背に腹はかえられないというやつである。

『どこにおるのだ！　その見所のある漢《おとこ》は！』

「あー、うん」

向かうは、南の五条大橋《ごじょうおおはし》。

○SCENE・Ⅳ「刀狩りの赤魔狼《ウルフ》」

「がう」

赤魔狼《ウルフ》が手を挙げて、挨拶《あいさつ》してくる。魔獣のくせに、いやに人間くさい仕草である。

「あっ、赤魔狼《ウルフ》さんだー」

サラが飛びかかっていって、太い腕にぶら下がり、ぐるんと振り回されて、きゃっきゃと騒ぐ。

「あら。アンナの唯一の子分の魔獣ですわね」

「いまだに刀狩りをやってるんだよね。……彼」

以前、武器を求めて人間の街にやってきた一匹の魔獣が、アーネストに弟子入りをした。念願の武器を手に入れたあとも、なんだかんだで、口笛で呼べば来るぐらいのところに居着いている。

「誰彼かまわず襲うのはもうやめて、いまは、勝負を挑んできた相手から奪うだけにしているんだ。それなら合法だしね」

「弱イ、ヤツ、タタカワナイ。強イ、ヤツ、負カス、ブキ、我ノモノ」

クレイの言葉に、赤魔狼《ウルフ》は、うんうんと、うなずいている。仕草がやっぱり人間くさい。

「ほら、剣聖の噂《うわさ》を聞きつけて、遠くの国から武者修行でやってくる人がいるだろ。学園に着く前に、まず、赤魔狼《ウルフ》に試されるんだよ……」

「なるほどですわ。それで最近は剣聖に挑む鬱陶《うっとう》しい輩《やから》が減ったわけですね」

「我、負ケヌ、我、無敗ナリ」


学園の生徒たちには負けまくっているが、それは赤魔狼《ウルフ》の中ではノーカンのようだ。

「クレイお兄さんは、赤魔狼《ウルフ》さんと仲良しなんですかー？」

赤魔狼《ウルフ》の毛並みを、わっしゃわっしゃとやりながら、サラが聞く。


「たまに稽古《けいこ》したり。あと武器とか……、その、もらったり」

『クレイ、すぐ浮気する』

「しょうがないじゃないか。学校支給の剣じゃ、ドラグ・スマッシュでさえ、もたないんだから」

『わたしを使えばいいでしょ』

「下級クラスの子たちと手合わせするのに、《ブリファイア》を使っちゃったら、練習にならないよ」

並の剣だと、たった一合で、相手の剣を断ち切ってしまう。

「諸国から武者修行でやってくる人たちの剣って、なかなかの業物《わざもの》でさ。それでもって《ブリファイア》ほどでもないから、ちょうどいいんだ」

『クレイが理論武装してウワキする』

「勘弁してくれよ」

『あはははは、魔獣に武器の無心してる人間、超ウケる』

「そっちも勘弁してください。お金ないんです」

クレイの求める〝そこそこの剣〟は、庶民《しょみん》の平均年収一年分くらいする。

「赤魔狼《ウルフ》さん、この剣、欲しいですか?」

サラが問うた。

武器の蒐集家《しゅうしゅうか》である赤魔狼《ウルフ》は、《アスモデウス》にじっと目を向ける。

「がう」

「そうですか。欲しいですね」

「いまのでわかるんですの？」

『よかったねー、アスモっちゃん、またいらないって言われなくてー』

《シルフィード》がはしゃいでいる。

とがめる目線を《シルフィード》に送ったサラは、ふと、赤魔狼《ウルフ》の目が自分の腰に向けられていることに気づいた。

「え？　こっちも欲しいんですか？　赤魔狼《ウルフ》さん？」

『え？』

サラは草原色の目を、腰に吊った曲刀に落とす。

「ねえシルフ？　まえに《アスモデウス》さんのこと笑ってたよね？　所有者に捨てられる魔剣、ぎゃはははは－、って」

『い、いやそんな下品には笑ってはいなかったんじゃないかな－……、って？　ね？　ね？』

「まえにお師さまが言ってた。ひとを笑うのは、その気持ちがわからないからだって。理解してみる？」

『ごめんなさい！　ごめんなさい！　いまわかったから！　もう笑わないからぁ～っ！　毛むくじゃらはイヤーッ！』

『ふっ……、そうか……、我が欲しいのか？　力が欲しいのか？　ふっふふふふ……』

《アスモデウス》が、むくむくむく、と膨張《ぼうちょう》していく。

尊大で壮大な炎の魔神が、そこに復活する。

『力が欲しくば――――！　我を倒してみよ！』

「がる」

魔獣。シンプル。

一秒で了解。

そして戦闘開始。

○SCENE・V「アーネストと決闘」

「……おそい」


第二試練場で、アーネストは腕組みをして、仁王立《におうだ》ち。

足許《あしもと》を、ひゅうう〜、と風が吹き抜けてゆく。

長らく家出を続けていた《アスモデウス》から、果たし状が届いた。

「指定の時間、指定の場所にて、死合《しあい》いたし」

読み終えると炎となって消えるという、しゃれた演出付きだ。

果たし状を受け取ったアーネストは、表面だけは素っ気ない風を装《よそお》っていたが、毛先までぷるぷると震わせて、こぼれ出す嬉しさを隠しきれずにいた。

《アスモデウス》が家出してからというもの、「ぜんぜん心配なんてしてないわよ」と口ではうそぶいていたものの、足は常時貧乏揺すり。

南の五条大橋で、赤魔狼《ウルフ》が魔剣を振り回していると聞いたときには、飛び出しかけて、急停止してずっこけて、床で顔面を削《けず》ったりしていた。

今日だって、指定時刻の一時間は前から待っている。

講義をすっぽかして待っている。

なのに、時間になっても、待ち人来たらず――。

一行がようやく姿を現したのは、さらに三十分が経過してからだった。

「お、来たようだぞ」

遠くを見ていたブレイドは、アーネストに、そう声をかけた。ブレイドもアーネストに付き合って、講義をサボっている。

「おそい！」

目前に並ぶ一同を、アーネストが一喝《いっかつ》する。

『ふっ……、人間の女よ、これは戦術というものだ』

赤魔狼《ウルフ》の手にある魔剣が、そう語る。

「戦術？」

「それは作戦なのでヒミツなんです」

片目をつぶって、サラが言う。

『ふふふふ……、わざと遅れることにより、相手の精神を乱すものなり。これ兵法なり』

「あ、言っちゃうんだ」

「あと女呼ばわり？　はァ？」

『我を捨てた者など、女で充分。――だが我は次なる所有者を得た。おまえなど過去の女に過ぎぬ』

「はァ？　あんた何様の――」

「おーい、悪い女、悪い女ーっ」

キレかけたアーネストに、ブレイドはフォローを入れた。《アスモデウス》を自立させるために〝悪女〟をやっていたはず。そのはず。

「あー……、おほん。まあいいわ。ベソかいて逃げ出していった温室育ちのお坊ちゃん魔剣が、世の荒波に揉《も》まれて、どのくらいマシになったか、このアーネスト・フレイミングが採点してあげる」

『我は勝つ。そして過去と決別する』

お互いに向かい合って、そのまま、数秒――。

さらに十数秒――。

赤魔狼《ウルフ》が、はっとなって、「あっ、もういいんだ」と、人間くさい仕草で身構えた。

「おっ、やってるやってる！」

「はじまるところみたいねー。間に合ったー」

カシムとイェシカを先頭に、皆がぞろぞろとやってくる。

講義が終わって、皆も試練場に集まってきた。

そして戦いが、はじまった。

○SCENE・Ⅵ「死闘」

『とりあえずは――、このあたりからかしら？』

アーネストはいきなり変身した。

炎の魔人3《スリー》と呼ばれる形態だ。最近のアーネストの変身の基本形態となっている。

エネルギー消費に優れた1《ワン》と2《ツー》もあるが、最近はあまり使われない。
ちなみにアーネストは、ここから先に、まだ幾つも変身を残している。

「グアアアアァァ！」

赤魔狼《ウルフ》が吠える。超速移動で間合いに一気へと踏み込み、下からすくい上げるように、鋭い一閃《いっせん》を放つ。

『へぇ。剣の扱いがサマになってきたわね。赤魔狼《ウルフ》』

一撃を避けたアーネストは、唇をぺろりと舐《な》めて、そう言った。
食欲をそそる。弟子は、そのくらいには育っていた。

舞っていた火の粉が、炎の肉体に戻る。
炎の身体《からだ》の輪郭《りんかく》をわずかに斬らせたが、それは避けるための動きを最小限にしただけのこと。

しかし、避けねばならない攻撃であったことも確か。


「ねー、ブレイドくん」

「なんだー」

「あれって、いいの？」

「どれがー？」

「《アスモデウス》との因縁《いんねん》の対決じゃなかったっけ？　なんで赤魔狼《ウルフ》が普通に助太刀《すけだち》してんの？」

「言われてみれば、そうだなー。……ま。アーネストがいいなら、いいんじゃね？」

「そうなのかしら？」


敵側セコンドにいた三人が、そこにやってきた。


「いいと思うよ」

「いいんですよー」

「よいのですわ」

クレイが言い、サラがぴょんと跳ね、ルナリアがうなずいている。

「彼女にいいところ見せたい気持ちは、二人……？　一匹と一本？　――とも一緒なんだ」

「お姉さんは器《うつわ》が大きいから。二人の気持ちをいっぺんに受け止めるぐらいで、ちょうどいいんです」

「暴力でなければ会話できないとか、ほんと、山猿ですわ。そして山猿に相応《ふさわ》しい弟子たちですわ」


ブレイドは、聞いてみた。


「クレイ、剣教えた？」

「ああ。たっぷり特訓に付き合ったよ」

「わたしも一緒に遊びましたー」

「わたくしも手ほどきしましたわ」


学園の剣使いのトップ陣だ。

ブレイドとアーネストは超生物すぎて参考にならん、と言われてしまうので、実質的にはトップ3の直伝である。
その三人の集中コーチを受けたわけだ。魔獣の体力は無尽蔵《むじんぞう》だから、休憩なしのノンストップで特訓ができる。

「でもこれだと単に赤魔狼《ウルフ》の試験だよなー」
「そうだね」
「そうですねー」
「そうですわね」

答える三人は、ふっふっふ、と、なにやら含みのある笑いで返してくる。
なにかを期待させる意味深な笑いである。

『どうしたの？　この程度？　これなら変身しなくてもよかったかしら？』

アーネストが嬉々として剣を振り回す。
ちなみにアーネストは剣を用いていない。自分の炎を圧縮して剣と化している。

「ますます人外じみてきたよなー」

「ほんとだなー」

ブレイドが言う。クレイがうなずく。

破竜饕餮《ドラグイーター》を手で弾いてかき消すだとか、クレイも勇者業界に片足を突っ込みかけている。

がん、がん、がきん。

金属同士をぶつけ合う音が鳴り響く。片方は炎なのだが。

がきん。ごきん。ぼきん。

金属が破断する音が響いた。どちらが砕《くだ》けたかは、いうまでもない。

『ふっ……、ぐふふふ……、折れてからが、我の真骨頂《しんこっちょう》よ』

『喋《しゃべ》ってないで、とっとと変身なさい。待っててあげてるんだから』

《アスモデウス》の物質の刃は、あれは剣の本体ではない。刃に見えるあれは、鞘《さや》でしかないのだ。

その本体は、迸《ほとばし》るエネルギーの刃である。

だからアーネストは、まず折った。

「だーら、ギアが上がるのが遅いんだよなー。そんなんじゃ勇者業界じゃ通用しないぜ」

「耳に痛い話で……」

そういやクレイもギアがあがるのは遅いほう。だいぶ追い込まれてからでないと、額の紋章が出てこない。あのハイギアで、初手からぶっ放せるといいのだが。

『ふははははーーー！　滾《たぎ》る！　滾るわぁ！』

ぶわり。剣から溢《あふ》れ出した精霊体が、巨大な魔神の姿を形作った。

その魔神の手には――剣があった。

「む？」

「ふっ……、ブレイド、これだよ」

「これですわ」

「みんなで、とっくん、楽しかったですー」

三人が、にやり、と笑う。

「なるほど。これかー」

ブレイドは感心した。

赤魔狼《ウルフ》が《アスモデウス》を握っている。膨大《ぼうだい》なエネルギーを放つ刃を構えている。

そしてもう一体――。魔神の巨体もまた、《アスモデウス》を持っている。こちらは波打つ刃の物質バージョンだが。

『よもや二対一が卑怯《ひきょう》だとは言うまいな？　――元所有者ぁっ!?』

『がう』

「あれれっ？　これまで二対一でやってた自覚はないのか？」

「あはは……、ほら、彼ら……脳筋だから」

『言うわけないでしょ。小さき者たちが頑張っているんだもの。ああ、なんていじ、ましいのかしら』

「なんか言ってることが、あれだな。枠外《わくがい》生物じみてきたな」

放蕩姫《ほうとうき》もそうだ。小さき生き物――ニンゲンさんが、何万対一でこようが、どんな卑怯な手を使ってこようが、「愛《う》いわぁ、えらいわぁ」としか言わないだろう。

二対一となって戦いは続行される。《アスモデウス》はさすが剣の化身。

歴代当主《とうしゅ》たちの剣技なのだろうか。何人分もの技の混じりあった複雑で高度な剣術だった。

赤魔狼《ウルフ》も持ち前のスピードと、新たに身につけた〝技〟――剣技で戦う。

片手に《アスモデウス》。そしてもう片方の手は、前に作ってもらったアダマンタイト製の爪である。

変則両刀使いがスピードと合わさって、これがまた厄介《やっかい》だ。

だが――。

ばきん。ぼきん。

圧倒的で暴力的な力の前に、どちらもあっけなく蹂躙《じゅうりん》され、吹き飛ばされ、刃をへし折られる。

『ふはははは――ッ！　まだだ！　これからだ！　ここからだ！　ここが我のクライマックスよ！』

《アスモデウス》が、吼《ほ》える。

そして戦場の各地で、立ち上がる。

二本の剣に分裂して挑み、そして破れ、またへし折られた。

立ち上がった精霊体の数は、赤魔狼《ウルフ》と合わせて、全四体――。

「ほー」

ブレイドは、またもや感心した。

「魔剣って、分身できたんだ」

「いいえ。分身ではありませんわ」

隣のルナリアが、豊満な胸に手を当て、得意げに語りだす。

「あれらはすべて〝本物〟なのですわ。同時にすべてが本体なのです。本国の妹に残してきた《ブリュンヒルデ》の分御霊《わけみたま》と同じ技術ですのよ」

『つまらない小細工《こざいく》を――』

説明の聞こえていないアーネストは、分身の類《たぐい》だと思ったらしい。

だが二体、三体と斬り結ぶうちに、その剣の重さを感じる。

そして二本、三本とへし折ってゆくうちに、さらに増殖《ぞうしょく》するのを見て、顔色を変えた。

『ちょ――どれも本体って⁉　その技ずるいでしょ⁉』

超生物ムーブをかましていたその顔に、はじめて、焦りの色が浮かぶ。

『ふはははは‼　――《ブリファイア》、みてるかーっ⁉』

『パパいいから戦え』

「さあ、どうするのかしら？　山猿さん？　――わたくしたちの鍛えし業物《わざもの》――その名を《アスモデウス》。それが今日、貴女《あなた》を倒す存在の名前ですわよ」

口元に手の甲を当てたルナリアが、悪役っぽく、ほーほほほ！　と、高笑いをする。

それに対して、アーネストは――。


『来なさい――ルナリア。氷の半身が必要よ』

『なにを身勝手な。自分の都合で敵を呼び出すなどと――』

『ルナリア――愛してる』

『行きますわぁ――!!』


手のひらを返して、ルナリアは飛びこんでいった。

炎と氷の魔人が、対消滅する勢いで合体・融合《フュージョン》する。

炎と蒸気とダイヤモンドダストが晴れたあとに、超存在が生まれていた。

氷炎の魔神4だか5だか、いや、ブルーだったか? まあともかく、そんな感じの最強存在が空中に立つ。

赤魔狼《ウルフ》も――。

無数の《アスモデウス》たちも――。

次元の違う相手を前に、涙目になった。

『さあ――おしおきの時間よ。小さき者ども』

○SCENE・Ⅶ「元鞘」

『これでも勝てぬのか……、ここまでしても、勝てぬのか……、我は……、我は……』

両手をついて、《アスモデウス》がうなだれる。

戦い終わった第二試練場には、夕陽が差し込んでいた。

orzのその影が、長々と地面に伸びている。

「がう」

相棒の背中を、赤魔狼《ウルフ》の手が、ぽんぽんと叩く。

《アスモデウス》と違い、赤魔狼《ウルフ》のほうは、負け犬慣れしている。今度こそ勝てる。勝てたら喰う。——と思って挑んだ戦いだったが、やっぱ負けた。完璧《かんぺき》に負けた。

だがすべてを出し切った。現在の力のすべてを見せることができた。師匠《ししょう》に。師匠たちに。

「がう」

それでいいだろ。ぽんぽん。

『我は……、我はやはり捨てられるのか……、弱い剣など不要なのだ……』

その姿は、ちょっと痛々しい。
戦いを見守っていたギャラリーも、皆、無言だ。
隣のクレイに肘でつつかれ、ブレイドはアーネストのもとに歩いていった。
途中でレナードから渡されたマントを、アーネストの全裸の身体《からだ》にかけてやる。

「あ、ありがと……」

「ブレイド様っ!?　わたくしはっ!?　あのわたくしのぶんはっ!?」

「ほら、なんか言うこと……、あるだろ？」

素直になれないアーネストの背中を押してやる。

アーネストは、うなだれる《アスモデウス》のもとに歩いていった。


「ねえ《アスモデウス》……？」

『敗者に掛ける声など不要……、我の憧れた所有者は……誇り高く、気高き女よ。決して、哀れみなどで結果を覆《くつがえ》す者ではない』

「ねえ、なにか勘違いしていない？」

『……？』

「わたしはね、あなたが有用であるかどうか、示してみなさいと、そう言ったのよ。わたしに勝てと言ったわけではないわ」

『……え？』

「ねえ、《ブリュンヒルデ》？　《ブリファイア》？　あなたたちから見て、パパはどうだった？」

『パパかっこよかった』
『貴方《あなた》の熱量。たしかに感じましたわ』

妻と娘の本心、正直な賞賛が――《アスモデウス》に届く。

『おまえたち……』
「わたしもね。すこし見直したわ。ここまで根性あるなんて。やるじゃない」
『お……、おおお……、おおおおおおお！』

アーネストが、厳《おごそ》かな声を張り上げる。

「《アスモデウス》よ――！　アーネスト・フレイミングの名において、いま一度命じる！　わたしの物になりなさい！　我が剣となりて！　我が敵を滅ぼせ！』
『御意《ぎょい》！』

《アスモデウス》は歓喜の叫びと共に、精霊体から剣身へと姿を変えた。

そしてアーネストの手の中にと、収まった。

そうして、〝王家に捧げる四本の剣〟のうちの一本——炎の魔剣《アスモデウス》は、所有者のもとに帰還を果たしたのだった。

人、これを〝元鞘《もとさや》に収まる〟——という。

第二話　「イオナのお誕生日」

○SCENE・Ⅰ「ハッピーバースデー」

「ハッピバースデー、トゥー、ユー♪」

合唱が食堂中に響き渡る。

その当事者たる人物は、きょとんとした顔で、皆の顔を見回している。

いつもの食堂で、いつもの昼食のタイミング。

ちょっとだけ早く皆で集まって、イオナがやってくるのを待ち受けた。

「な、なんでしょう?」

「ハッピバースデー、トゥー、ユー♪」

イオナに対して皆でコーラスを続ける。

「ハッピバースデー、ディア、イオナー♪」

「わ、私は、ハトが豆鉄砲を食らったような顔をしていると告げます。ちなみに『ハトが豆鉄砲を食らった』という表現は、古代のアーカイブで発掘された慣用句であり、非常に驚いている様子を示すものです」

イオナがキョドってる。

そしてなんかバグってる。妹の口調が混ざってる。

「おまえ、今日、誕生日な」

「誕生日……？」

ブレイドに言われたイオナは、考える仕草をみせる。

「マザーちゃんに聞いてみたのよ。イオナの製造年月日はいつですか？　――って」

アーネストが、そう言った。

「年のほうはなんだかよくわかんなかったけど。でも月日のほうは判明したわ」

「それが、今日な」

ブレイドは、イオナにそう言った。

まえに自分のときにも覚えがある。ぽかーんとしているイオナに、言葉の意味が浸透するまで、ゆっくりと待ってやる。

「……たしかに、そうです。……遙《はる》か昔のことなので、思い出すこともありませんでしたが。今日が私の製造された日……ですね。ええはい」

自分に言い聞かせるように、イオナは何度もうなずきを繰り返している。

「えと……？　じゃあ、これは……？」

「もちろん。貴女《あなた》のためのお祝いよ」

アーネストは胸を張ってそう言った。

「ローソクは、なんか、歳《とし》の数だけ挿すのが流儀《りゅうぎ》みたいだけど……。イオナの場合は、わかんなかったから、まあ適当ね」

「一本一万歳《まんさい》なー」

「そんなわけないでしょ」

アーネストに肘で小突かれる。

そんなわけあるんだけどなー。こいつらとかマザーとか、絶対、万の単位の年齢だぜー？

「お、お、おっ……」

「お？」

イオナが変な声をあげる。またバグっている。

「ありがどうございまずぅぅぅぅーっ!!」

涙をぶわっと溢《あふ》れさせ、ついでにハナミズも溢れさせる。

「そ、そう――、喜んでもらえて、う、嬉しいわ――はいブレイドタッチ！」

とびついてきたイオナを、するりと躱《かわ》して、パスしてくる。

ブレイドも避けたい気分だったが、さすがにかわいそうなので、抱きとめてやる。

高性能なハナミズを、あまんじて胸で受ける。

「ほ、ほらっ、ロウソク吹き消して」

「ひゃ、ふぁい」

イオナが、ふーっと、ぶっといロウソクを吹き消した。

ハナミズとんでないか？　あとであのケーキ、切り分けて、皆で食べるんだよな？

まあいまさらか。

涙とハナミズが、胸をずっしりと重くしている。

「あともちろん、プレゼントもあるわよー。はい、みんな。プレゼント出す！」

アーネストの合図で、皆は、テーブルの下にしまっていたプレゼントを一斉に出した。

「これは……、これって……お誕生日プレゼント？　あの伝説の？」

「いや、伝説かどうかはしらないが。まあプレゼントだな」

お誕生日には、プレゼントがもらえるのだ。

ブレイドは卓越した普通力により、そのことを知っている。自分ももらったことある。超スペシャルなカツカレーだった。最高にうまかった。

「皆さん……。ありがとうございます」

イオナは包みを開いていった。

ばりばりと包装紙を破いて開けるのが、正式なマナーっぽい。なんでも「貰《もら》えて超嬉しい！開けるのが超楽しみ！」を表現するのだとか。

イオナはプレゼントを全部開け終わった。一つ一つ礼を言っていた。

最後にその顔をブレイドに向ける。おずおずとした口調で、遠慮《えんりょ》がちに言ってくる。

「あの……、もしかして……、マスターからも、なにかもらえたりするのでしょうか？」

「あァ？」

ブレイドは不機嫌な声で聞き返す。

「いえなんでもないです！　催促《さいそく》じゃないです！　大丈夫です！　なんでもないです！」

「なに意地悪してんのよ。ブレイド。あんたもなんか用意してきたんでしょ？　知ってるんだから。ちゃんとあげなさいよね」

「わかってるよ」

ブレイドは、胸ポケットから出した紙切れを、イオナのほうに放った。

「これは……？」

テーブルを滑ってきた紙を、イオナは見つめる。

「それ、〝なんでも言うこと聞く券〟──な。おまえが、なにを貰ったら喜ぶかわかんねーから。ほら、まえにカシムがクレアからもらって、すんげー喜んでたじゃん？　だから──」

「なんて危険なものおおおぉ──っ!!」

「うわぁ！　なんだなんだ。なんなんだおまえ!?」


突如、吠えはじめたアーネストに、ブレイドはびびった。


「あのね!?　あなたね!?　イオナにそんなもの渡して!?　それがどれだけ危険なことかわからないの!?」

「え？　危険？　……なんで？　……なにが？」


ブレイドには、まったくわからなかった。

まえにカシムのときにも思ったが、皆がいったい何を危険視しているのか、まるでわからない。

無茶なお願いをされたら面倒だろうなー、ぐらいは思うが、べつに危険だとは──。

「だめー！　イオナ本気になっちゃだめーっ！」

「うっわやっべぇ、イオナやっべぇ、ついに仕掛けるか！　下剋上《げこくじょう》のはじまりかーっ！」

クレアとカシムが手を取り合ってなにか騒いでいる。

「イオナ！　ステイ！　ステイだからね！　早まっちゃだめよ！」

「そうだぞイオナ！　学生らしく節度をもった交際を――だぞ！」

イエシカとクレイも手を取り合ってなにか言っている。

「なんだこいつら？」

「まあ……言わんとしていることはわからないでもないですが」

ブレイドは、イオナと顔を見合わせた。

「なんで!?　なんでわかんないの!?　あーもー！　だれかこいつに説明してやってーっ！」

「いいかイオナ！　エロいことなら！　ほっぺにチューまでだぞ！　オレがそうだったんだか

ら！　おまえだって守んなきゃ不公平だ！」

「えっ？　カシム？　ほっぺにチューは、べつにエッチじゃないよ？　家族だったら普通にするよ？」

「まだわかってないやつがここにいたーっ！」

もう、しっちゃかめっちゃかである。

「ねえクーちゃん、わかる？」

「きっとイオナは親さまを食べたいと思っているのじゃー。おいしそー、で、キケンなのじゃー」

「そっかー。キケンであぶないんだねー」

『雌型《めすがた》ってみんな変よね』

サラとクーと《ブリファイア》――小娘三人衆が、なにか言ってる。

「いいか？　ブレイド？」

「あー、うん」

どうやらクレイが説明してくれるらしい。

「イオナって、たまに、エッチだったりするだろ？」

「そうか？」

ブレイドは首を傾《かし》げた。イオナを見やる。

「ああ言い換えるよ。たまにというか、結構な割合で、変態だったりするよな？」

「でゅふふ」

あー、うん。そうだな。

「だとしたら、どんな〝お願い〟をされるか、わからないか？」

「えーと……、ヘンタイなんだから、なにかヘンタイ的な？　ヘンタイ……、ヘンタイ……、へんたいって……、どんなんだ？」

たぶん「ヘンタイ」というのは、意味的には、「普通じゃないエッチ」という意味なのだと思うが……。
その「普通のエッチ」というほうが、まずわからない。
だが……。

「でゅふふ」

券を手にほくそ笑むイオナの笑いが、不安を誘う。
なんだか危機感を覚えはじめてきて……、ブレイドは考える。

考える。考える。考える。

疑いの眼差《まなざ》しで、イオナを見やる。
イオナが握りしめる〝なんでも言うこと聞く券〟に手を伸ばすと――。

「あのぅ……、マスター」

券を守るようにして、イオナが言った。

「あのえっと……、いい子でいたら、プレゼントもらえますか？　きれいなカシムを見習って、きれいで清楚《せいそ》なイオナでいたら、このプレゼントもらってもいいですか？」

「お、おう」

「なぜそこでオレが引き合いに出される？」

「ヘンタイ的？　……なことじゃないなら、べつにかまわないぞ」

「きけよ」

イオナは、大きくうなずいてから、言った。

「じゃあ、私……、優しいマスターが欲しいです」

イオナの〝お願い〟は、こうして決まったのだった。

○SCENE・II「優しいマスター」

「マスター。マスター。マスター。マスター。おはようございます」

「お、おう」

目覚めた途端、目の前というか、すぐ上に顔があると、すこし驚く。

元勇者の危機センサーは、どんな熟睡時にも反応するハイスペックを誇るが、敵意のない相手には反応しない。

そしていまのイオナは、爽《さわ》やかな笑みを浮かべているだけで、いつものように涎《よだれ》を垂らしていたりはしない。

敵意なし。害意なし。よって反応はなし。

「……なにしてんだよ?」

「マスターの寝顔を見つめていました」

「そうか」

「そうです。ただ見つめて慈《いつく》しんで聖母のように微笑《ほほえ》んでいただけですから。ハァハァはなしで」

「そうか」


「今朝のマスターは本当に優しいんですね」

「そうか?」

「いつもならここで破竜饕餮《ドラグイーター》の一発ぐらい――」

「おまえは俺をなんだと思ってる?」

「マスターと初めて遭遇《エンカウント》したとき、ゼロコンマ三秒で、粉みじんにされましたが」

「それはおまえ、昔のおまえって――」

「――こんなに可愛《かわい》くはなかったですか?」


ブレイドは言葉に詰まった。

実際、言おうとしていた言葉は、「可愛げもない物体だ」あたりだったもので……。

いつものイオナなら、ここでわざとらしくポーズを作って身体《からだ》でも誇示してくるところだが……。

だがいまのイオナは「きれいなイオナ」だった。胸元で手を合わせて、はにかむ顔を向けてくるだけ。

なんとも調子がくるう。

すくなくとも、破竜饕餮《ドラグイーター》でぶっ飛ばしていい生き物じゃない。

「マスター。これは契約です。私が〝きれいなイオナ〟でいる限り、マスターも優しいマスターでいてくれるという――」

「あー、わかってる。わかってる」

元勇者に二言《にごん》はない。約束は守る。

「さあ。マスター。朝ごはんです。皆が待っています。食堂に行きましょう」

「お、おう」

リードされてる。なんか調子がくるう。

ブレイドはイオナに連れられるようにして、食堂に向かうのであった。

○SCENE・Ⅲ「食堂にて」

朝の時間で混雑する食堂に来た。

さて、なにを食うかと、思ったところで――。


「マスター。マスターマスターマスターマスター」

「あー、うるさい、一度でいい」

「……マスターが優しくないです」

「ええっ？」


なにを言われたのか、一瞬、わからなかったので、皆に顔を巡らせる。

なあ、いまのって……？　俺が悪いの？


「そうね。ギルティかしらね」

「ブレイド君。女の子に〝うるさい〟はないと思うよぅ」

アーネストとクレアが、うんうんとうなずいている。

いまいち信じられなかったので、ルナリアとイェシカも見る。

「うん。そーゆーの好きな上級な子もいるでしょうけど。フツーはだめよ。そーゆーの」

「わたくしは……、結構、アリかなと……」

「あっ！　はい！　アリですアリです！　尊死します！」

普通はだめらしい。そしてルナリアは上級らしい。

あとなぜだか、聞いていないのに、アルティアがぴょんぴょん跳ねながら上級アピールをしている。

アルティアは下級クラスの子だ。五人組で〝魔法少女隊〟と呼ばれている。

ここまでで、いまひとつ判断に足りる材料を得られなかったので、ブレイドは最後にソフィとクーを見た。

「うるさい、は、よくないわ。ブレイド」

「親さまワイルドなのじゃー」

「うん。そうだな！　よくないな！　ワイルドはだめだな！」

「ちょ――！　なんでソフィとくーちゃんだと素直に聞くの！」

「アーネスト、うるさいぞ」

「うっわ、わたし、イオナ並の扱いだ！」


アーネストが、ほんと、うるさい。

ちなみに、もうイオナには〝うるさい〟って言わないんだから、おまえ、イオナ以下な。


「ということで、悪かった」

「ま、マスターが……、謝ってくれてる……」

「だからおまえは俺をなんだと思っているんだ」


いつもそんなにひどい扱いをしていただろうか？

ちょっと反省する。〝優しいマスター券〟が終わっても、もうすこし優しくしてやろうと思った。

「……で、なんなんだ？　なにか激しく言いたかったんだろ」

「そうでした。――マスター。優しいマスターとは、私に命令を与えてくれるマスターです」

「ん？」

また意味のわからないことを言われる。

いったいなにを求められているのだろう？


「ブレイド……」

ソフィが声を掛けてくる。

そのソフィに向けて、ブレイドは頼み事をひとつ――。

「そうそう、ソフィ、カツカレー頼むわ。――で、イオナ、なんなんだ？」


「マスター……」

「うっわすごい、これ素でやってるの？」

「あはは。ブレイドくんは、もう、これだからー」

「ブレイド君……、かわいそうだよぅ」

「お兄さん、それってわざとじゃないんですか？」

「ブレイド様はクールで残酷《ざんこく》なところが素敵なのです」

「あっ！　同意です！　激しく同意ですっ！」


皆が言う。

「俺、なんかダメ出しされてる？」


カレーを取ってきてと頼んだソフィは動かないし。

皆からは、責められるような目を向けられるし。

んで、イオナはしょげているし。


「親さま。カレーはイオナに取ってこさせるとよいのじゃ。そうすると尻尾《しっぽ》をぶんぶんと振って大喜びなのじゃ」

「おー、そっか！」

クー、あったまいー。

てゆうか。皆もクーみたいに、わかりやすく言ってくれればいいのに。

「じゃ――、イオナ。カレー頼むわ。カツカレー大盛りで」

「はいっ！」

ダッシュしていくイオナを、ある者は温かい目で見守り、何人かは、いいなー、という顔で見送る。

ちなみに「いいなー」の側は、ソフィを筆頭に、あとアルティアとルナリアだった。

○SCENE・Ⅳ「教練にて」

実技教練の時間。

いつもはブレイドの相手は、アーネストかルナリアか、もしくはクレイかサラあたり――というのが定番だった。

だが今日の相手は、もちろんイオナだ。

手取り足取り教えてあげるのが〝優しいマスター〟だと――これはブレイドにもすんなり理解できた。


「ほら。構えろって」

「すごいです。感動です。なんとマスターが教えてくれています。鼻血が出そうです」

「おまえが〝きれいなイオナ〟をやめるなら、俺も〝優しいマスター〟をやめたいんだが」

「嘘です。冗談です。乙女《おとめ》は鼻血など出しません」


おまえのどこが乙女だ。――と、言いかけてしまうところを、ぐっとこらえる。

実際、変態を封印中のイオナは、なんていうか、〝女の子〟という感じがする。


こんなこと、前にもあったような……？


ああそうだ。

仮象《VR》に閉じ込められたときだ。

なんでもできる仮象《VR》の中で、イオナがロボではなく、生身の体になったときだ。

普段のメカパーツなしで。

普通の女の子みたいにぽろぽろと涙を流して、普通の女の子っぽさが半端なかった。

イオナも、普通にしてたら、普通っぽいんだがなー。

「おまえ、この前、破竜穿孔撃《ドラグスマッシュ》てるようになってたろ。こんどは破竜饕餮《ドラグイーター》教えてやるから」

「えっ？　あのでも、かつての改造により、気を溜められるようにはなりましたが、いまエネルギータンクは空《から》の状態です。気を撃つためには、クレイに補充してもらわなければなりません。あの……、すこし待っていただいても？」

「そんなの俺が入れてやるよ」

ブレイドは掌《てのひら》を向けた。

いちばんエネルギー吸収率の良い場所に、イライザ謹製《きんせい》の装置が埋まっているのだろうと探りを入れる。

それはお腹の位置だった。下腹部のあたりだ。

そこ目がけて、気を送る。

破竜饕餮《ドラグイーター》換算で数十発分くらいを、一気に、掌から送り込んだ。

「あああああ――！　マスターの熱いものがッ――、私のなかに――、こんなたくさんッ――」

「おまえ。ヘンタイは禁止っつーたろ」

「いえしかし――これは乙女として如何《いかん》ともしがたいものがありあああああ――っ！」

「ブレイドくんってば、容赦《ようしゃ》ないからぁ～♥」

「あー、マッサージのときの悪夢が蘇《よみがえ》るわ……」

外野が、なんか言ってる。イエシカとアーネスト。うるちゃい。

そんな二人に、ブレイドは聞いてみた。

「おいこれって〝ヘンタイ〟じゃないのか？」

「それはしょうがないのよねー。乙女的にはー」

「そうね。どうにもならないことってあるものよね」

ふむ。なんだかよくわからないが、これは乙女的にはセーフらしい。〝ヘンタイ〟ではないらしい。

「おおおお……あああああーっ！」

びくんびくん、最後に暴れて、静かになる。

「チャージは終わったかー？　もう満タンかー？」

「も……、もう堪忍してください。これ以上は……、もう無理です……」

満タンのようだ。

「じゃ、教えるぞー」

「ま、待ってください、足が……、こ、腰が……」

膝をがくがくと震わせて、イオナはなんとか立っている。

気を満タンにしてやったので、破竜饕餮《ドラグイーター》換算で、ゆうに数十発分――。

厳しいコーチが始まった。

○SCENE・V「テルマエにて」

実技教練での特訓がおわると、夕飯前のひととき。いつものテルマエで団らんタイムだ。

「あー、そこです。そこそこ。マスター、そこをもっとおぉ」

「おーい、これはヘンタイ違うのかー？」

「セーフよセーフ。頭洗ってもらったら、こえくらい出ちゃうでしょ」

「そうなのか」

「なによ？　知らないの？　あっ――わかった。ブレイドってば、誰かに頭洗ってもらったことないんだーっ？」

「ないな」

「じゃ、じゃあ――わたしが洗ってあげる！」

「わたくしがっ！　わたくしがっ！」

「私が」

「私もっ、私もおぉっ！」

「我はいつも親さまに頭洗ってもらっているのじゃー」

皆が我も我もと名乗りを上げる。誰がブレイドの頭を洗うかという話になっている。

こーゆーのは、ほんとは、ソフィにやってもらいたいところなのだが……。

「おまえ。やるか?」

ざばー、と湯を掛けて髪を流してから、イオナにそう聞いた。

イオナは、しばし呆然《ぼうぜん》としていたが、我に返ると、胸を張って言う。

「マスター。マスター。はい。どうぞ」

なぜ、おっぱいを突き出す?

「枕です」

そうか。枕なのか。なら仕方ないな。

イオナのおっぱいを枕にして、髪を洗われる。

「あー、うー……、あー、そこー」

「ほら。こえがでた」

「うるさいな。気持ちいいんだから。しかたないだろ」

他人の手で頭を洗われるのが、こんなに気持ちいいなんて。

「ま、マスターが……、マスターが私の指先でよがっています……」

「おい。ちょっとイオナ。おまえまた、汚くなってきてるぞ」

イオナは気をつけないと、すぐにヘンタイに堕《お》ちる。

「マスター。マスター。命令してください。これから毎日洗います」

「なに言ってんのよ。順番よ」

「そうですわ」

「私も洗いたいわ」

「あたしもー」

「私もっ私もっ」

「我も名乗り出ておくか。ん？　マリアのほうで洗うのか。構わぬが」

「私も一応順番の後ろのほうに入れておいてください」

「我も親さまの頭を洗うのじゃー」

「頭？　ブレイドお兄さん、自分で洗えないんですか？　洗ってあげましょうか？」

「ああああのっ！　わ、私っ――私はっ!?　そ――尊死ィ！」


皆が一斉に名乗りをあげる。

アーネスト、ルナリア、ソフィ、イェシカ、クレア、マオ、イライザ、クー、サラ、アルティアの順だ。

しかしアルティア？　なぜ鼻血を流す？

しかし、ずっと皆がくっついてくるなぁ。

昨日の昼の食堂から、ずっと、全員で一緒だ。

「なんなの？」

「なにがよ？」


アーネストにきーた。


「だから、ずっとくっついてきてるの、なんで？」

「それは……」

「マスター。マスター。マスター。古代のアーカイブを検索したら、〝金魚のフン〟という概《がい》念《ねん》がヒットしました」

あはは―、言えてらー。それ考えたやつ、天才ー。

「でもどうなん？　フンとか、汚いイオナなのでは？　あとマスターは一度でいいからな」

「なんとマスターが口頭で注意してくれます。優しいです。フンがダメならウンコと言い換えます」

「もっとだめだろ」

「では排泄物《はいせつぶつ》で」

排泄物扱いされたアーネストは、むっとした顔で言う。

「監視よ」

残りの皆も、こくこくとうなずく。

「イオナ。おまえ。信用ないな」

「どっちかっていうと、ブレイドのほうかしら」

「えー！　俺!?」

「そのくらい普通――とか言いくるめられて、すぐ騙《だま》されそうだし。ブレイドは〝普通〟って言葉に弱いんだから」

「うっ……」

言い返せない。

イオナから、「これはヘンタイでなくて〝普通〟なのです」とか言われたら、そのまま信じちゃいそうな予感が一二〇パーセントくらいある。

イオナのことを、じーっと見つめると――。

「そんなことしませんよ？　〝きれいなイオナ〟を信用してください。マスター」

あー、信用してるよ。〝きれいなイオナ〟でいるうちは。

○SCENE・Ⅵ「きれいなイオナ最後の日」

「おはようございます。マスター」

またつぎの朝。日曜の朝。

覆《おお》い被《かぶ》さるイオナの顔で、目を覚まさせられる。

「おまえ。きれいなイオナでも、それはやめないのな」

「すいません。マスターが寝ている間中、その寝顔を見つめていることは、乙女《おとめ》回路的に如何《いかん》ともしがたく」

まあ危害も加えないし、ヨダレも垂らしてこないので、よしとする。

起きて着替えていると、イオナがなぜか、床に正座していた。

右手と左手を体の前につき、親指、人差し指、中指と、三つずつ指をついて、深々とお辞儀《じぎ》をしている。

「マスター。この二日間、ありがとうございました。〝優しいマスター〟——堪能《たんのう》させていただきました」

「お、おう?」

「〝なんでも言うことを聞く券〟には、特に期限が定められていなかったので、このまま永久に〝優しいマスター〟でいてくださいとお願いすることもできたのですが……」

「げっ」

それは考えていなかった!

「……しかしそれでは、〝きれいなイオナ〟の要件を満たせません。ルールの悪用は致しません。マンチキンいくないです」

ブレイドは、ほっとした。

「ちなみに、最初に考えたのは、〝お願いを一〇〇個にして〟というものでしたが、それも自主規制しています」

ブレイドは、もっと、ほっとした。

「一日だけのつもりだったのですが、つい嬉しくて、二日もお願いしてしまいました」

「お、おう」

しおらしいイオナに調子がくるう。

「本当にありがとうございました。もう満足です」

「お、おう……」

思わずうなずいてしまう。

それからブレイドは考えた。


考えてみて——。

言うかどうか、だいぶ迷ってから——。

正座したままのイオナに、言うことにした。


「まだ今日のぶん、終わってないだろ」

「はい？」

「昼から二日間だったろ。まだ昼までは時間がある」

「はい？」

「ということで——、デートしよう」

「はい？」

○SCENE・Ⅶ「イオナとデート」

デートとはなにか？　ブレイドはもう知っている。

まえにソフィとデートしたときには、ぎちぎちに組まれたスケジュールの通りに進軍した。

あれはデートではなかった。


正しいデートというのは、男女が二人で行動して、一緒の時間をゆったりと楽しむこと。

──たぶんそれで正解。


昼まで、あと半日。

ブレイドはイオナを連れて、街の大通りを歩いていた。


「マスター。どこに行かれるのですか？」

「そこの屋台の串焼き。買っていこう」

「お弁当ですね。私は有機物を摂取《せっしゅ》する必要はありませんが、消化吸収して化学エネルギーを活用する機能もインストール済みです。ハイスペックですので」


王城から五方向に伸びる大橋の一本を渡って、市街をまっすぐ進んで、大門から外に出て、のどかな田園風景の広がる郊外の小道を歩く。

道なりに丘を登っていった先に、その光景は広がっていた。

「ああ。やっぱ。この季節でよかったんだ」

ブレイドは、ほっと息を吐いた。
連れてきた手前、時期が違いました、ただの丘でした——では、締まらないと思った。
イオナなら、それでも喜んでくれると思うが。

「すごいお花畑です！　この花！　光ってます！」

イオナが言う。叫び声をあげてしまうぐらい感激している。

「ブライトフューリー……、だったかな？　この花の名前だ」

ずっとずっと昔。ブレイドがまだ勇者だった頃の話だ。
戦地に向かう際に、この季節、この丘の近くを通った。不思議な花に興味を引かれはしても、すこしの間でも足を止めて花を見る自由は、勇者にはなかった。
花の名前だけは、隣にいた国王に教えてもらったが。

「なんか。人の精神波に感応して光るんだと。人が近づかなければただの花だ。でも人が近づくと」

ブレイドが一歩足を踏み出すと、足許《あしもと》の花がまばゆく黄色に発光する。

「私は機械です。精神波は――」

イオナの一歩一歩に、花が反応する。神秘的な輝きで下から照らしあげる。

「えっ……？」
「おまえもあるんだよ。――精神が」
「えっ？」
「おまえ。心。あるじゃん」

イオナはすぐに自分は機械と言うけれど。
喜んだり怒ったり哀しんだり楽しがったりする。喜怒哀楽がある。心がある。

つまり〝生きて〟いる。

「うわぁ……」

イオナが笑顔を浮かべる。ほら。心。あるじゃん。

「マスター。素敵なプレゼント。ありがとうございます」

「うん」

花。花。花。

女はなんでか、花を喜ぶ。部屋に持ちこんで飾ったりしている。イオナも乙女《おとめ》？　——なのだから、花は喜ぶんじゃないかと思ったのだ。

だからここに連れてきた。

それから、あと——。

女はなんでか、褒《ほ》めると喜ぶ。イオナも乙女？　——なのだし。

さて、どうやって褒めようか……？

「えーと……、おまえのこと、いつも邪険にしてるかもしれないけど……」

無理に褒めるところを探すより、いつも思っていることを素直に伝えることにした。

「俺のこと、いつも優先してくれてるの、知ってるよ。俺の話をいちばん聞いてくれるの、やっぱ、イオナだし」

「ま……、マスター……」

「おまえって、いろいろと高性能だし……、けっこう頼りにしてるんだぜ。いっぺんしか言わないぞ……？」

「マスター……」

イオナが、目をつむった。

「……」

そのまま、なにかを待つように、目を閉じたままでいる。

「……？」

なにを待っているのか。ブレイドにはわからない。

「ムードが臨界値に達しました。よって目を閉じて待っています」

「そうなのか」

ムードって、なんだ？

「マスター。チューをしないデートは、蜂蜜をかけないパンケーキのようなものだと、太古《たいこ》のアーカイブにあります」

「パンケーキってなんだ？」

イオナは目を閉じたまま。

そういえば、イオナとは、チューしたことがない。

チューは挨拶《あいさつ》だと聞かされて、皆にチューして回ったことがある。学園の全員を狩り尽くした。ソフィが「粘膜接触における経験情報の伝達」を試してみたいと言って、二人で学園全員を狩り尽くしたこともある。

どちらの時にも、イオナは対象外だった。

ヘンタイのときのイオナには、なんかイヤーな感じがするのだ。

でもいまの〝きれいなイオナ〟なら――。

ブレイドはイオナに顔を近づけていった。唇がくっつきあう寸前、違和感を覚えて、ブレイドは動きを止めた。

「でゅふふ」

唇を突き出して、不気味に笑うイオナがいた。

「うわーっ！　わーっ！　ばっちい！　おま――なんでヘンタイに戻ってんだよ！」

「マスター。ちょうど正午になりました。二日が経ちました。よって〝きれいなイオナ〟は品切れです。さあ——そんなことより、チューの続きを。あついベーゼを。ハイスペックな舌技をご堪能《たんのう》ください」

「うわー！　うわー！　うわー！」

ブレイドは叫び声をあげていた。

やだこればっちぃ！


「マスター。マスター。マスター。逃げるのは悪手です。私のハイスペックな狩猟本能が暴走します。〝捕まえてごらーん、きゃっきゃうふふ回路〟にエネルギー伝導。三かける十の一七乗ワットの出力で狩猟行動を開始します。捕獲したらチューしていいですか？　いいですよね？　では対人人型最終兵器。１０ＮＡ《イオナ》——推して参ります」

「わけわかんねーから！　くんなバカ！　元に戻ればバカ！　正気にかえればバカ！」

「こちらが元です。正気はこちらです。あのままじゃほんとにキスされちゃうじゃないですか。恥ずかしいです」

「してほしいのかしてほしくないのかどっちだバカ！」

罵《ののし》り合いながら、追いかけっこをした。

イオナのお誕生日とプレゼントに関する騒動は、こうして終わったのだった。

第三話　「王紋騒動」

○SCENE・I　「いつものカシム」

いつもの昼過ぎ。いつもの第二試練場。

いつもの午後の教練――というよりは、遊んでいるんじゃないかという、いつもの状況。

「ヒャッハー！　光速のカシム！　今日も絶好調だぜーっ！」

奇声をあげながら、カシムが走る。

追いかける者もタックルする者も、するりとかわして、カシムは駆け抜ける。

「捕まえられるもんなら！　捕まえてみやがれーっ！」

誰も追いつけない。誰も止められない。

　カシムのスカートめくりは、攻撃側も防御側も本気で攻防するために、ただの教練よりも訓練効率が高いのだとか。

「もうこれ、ほんとに訓練メニューに取り込んじゃえばいいのに」

　追いかけっこの様相を眺めながら、ブレイドはそう言った。

「ばかなこと言ってないで。そこどいて」

　アーネストに押しのけられる。

「殺《や》るわよ。あのバカを」

「毎日毎日、許せませんわね」

「カシムさん、さいってー」

　女帝《エンプレス》二人とサラ。三名が肩を並べて、進路上に立ち塞《ふさ》がる。

カシムが迫る。

すれ違いざまの、一瞬の攻防——。

瞳術《どうじゅつ》の三連発を、ぬるっと滑るように躱《かわ》して、カシムは叫ぶ。

「トリプル神風の術ーっ！」

「私タイツ穿《は》いてるんだけど」

「絶対コロス」

「きゃあ！」

スカート二名は被害がでかい。タイツのアーネストは無傷だ。

「ひゃははは！　ぱんつ！　ぱんつ！　ワガママボディのエロぱんつ！　ロリっ子の白ぱんつ！　これはいいものだぁ！」

ひときわ狂喜したあと、カシムは一瞬で素に戻り——。

「……だがおい、タイツは反則だろ」

歓声を上げてた男子たちのうち、幾人かは、うんうんとうなずいている。

カシムだけでなく、男子にも流れ弾が飛ぶ。縦回転して吹っ飛ばされていく。

ますます威力の上がった瞳術で、三人はカシムを狙うが、やはりまったく当たらない。〝視《み》る〟だけで攻撃が成立する——その技が、なぜか通用しない。観衆の男子たちだけが、巻き添えで吹き飛ばされていく。

巻き添え？　……なのか？　あれは？

カシム以外には〝ぎぬろ〟を出せないサラも、びしびしヒットさせている。観衆の男子たちに。

しかしそれでも、カシムだけには当たらない。

「へっへーん、おしーり、ぺんぺーん」

カシムは余裕である。

ズボンを下ろしてお尻を見せて、ぺんぺーんと叩いている。

見ていると楽しいが、あれ、やられたら頭にくるだろうなー。


「ブッ殺ス！」

「コロシマス！」

「サイッテー！」


女帝《エンプレス》二人と女帝《エンプレス》見習いの髪が逆立った。魔人化して言葉も怪しくなり、人間から一歩踏み出しかけた状態で、カシムを追いかけ回す。

人外化に関しては、サラは見習わないほうがいいと思うんだけどなー。


「もうカシム！　だめだよぅ！」


いつにも増して暴れ回るカシムに、クレアが動いた。

横を通り過ぎるカシムの頭に、とげとげ鉄球メイスをフルスイング。

ばきゃっ、とか。ごきゃっ、とか。

聞こえちゃいけない音がした。カシムは七回転半ぐらい吹っ飛んで、外壁の壁にめりこんで止まった。

「――めっ！」

「めっ！　――いただきましたぁーっ！」

壁に放射状に入ったヒビの中から、カシムが、にょきっと生えてくる。

学園の誰もが成長著《いちじる》しいが、カシムも大概《たいがい》〝こっち側〟になってきた。ベンチプレスで五〇〇トン（キロではなく）を上げるとウワサのクレアである。その怪力によるフルスイングを一般人が受ければ、挽肉《ひきにく》どころか爆発四散を免れない。

その破滅的な攻撃が、学園ないしは英雄業界基準では、「めっ！」――になるわけだ。

「オレはいま聖域にあえて触れるッ！」

カシムのターゲットがクレアに変わる。

「オレはクレアのスカートをめくるぞおぉぉォォォ――ッ!!」

雄叫《おたけ》びをあげて宣言すると、カシムはクレアに突進した。

風まかせではなく、自分の手でスカートをめくりにかかる。

「きゃあーっ！」

「うひょひょひょひょーっ！」

クレアのあの声は――。

「きゃあ」といっているが、あれは悲鳴なのかどうなのか。嫌がっているのか？　それとも喜んでいるのか？

ブレイドの卓越した普通力をもってしても、いまいち、判断がつけられなかった。

だって、怒った顔と嫌がった顔って、どちらも赤くて……。

すんげー似てるじゃん？

嫌がっているのであれば、絵面《えづら》としては、ぶっちゃけ犯罪である。
前々からスカートめくりには、ちょっと興味があったブレイドであった。なんでも男の子の通過儀礼っぽい……？

俺やったことねー。やっべー。

しかし、もし嫌がっているのであれば、そんな犯罪みたいなことまでして〝普通〟を追求したくない。

「もう――！　カシム！　だめだから！　嫌だから！　ほんとに怒るよ!?」
「もっと嫌な顔でもってなじってくれーっ！」

あれは嫌な顔だったらしい。
じゃあ、ないな。だめだな、カシム。
スカートめくりは、やっぱ、よくないことのようである。

「カシムのばかーっ！」

「うわっ——ちょ！　メイスやめ！　それマジで痛いから！　しゃれになんねーからっ！」

「しゃれにならないのはカシムだよ！　スカートめくりなんてやらないよ！　五歳までだよ！

許されるのは！」

「オレごちゃい！」

「ばかーっ！」


ぼっこんぼっこん、ばっこんばっこん、とげとげメイスで、めった打ちである。


「クレアの愛のメイスー!!　サイコーっ!!」

「ないから!!　愛なんてないから!!　これは制裁だから!!」


ばっこんばっこん。耕すようにメイスを打ち込むクレア。


ブレイドは目に力を込めて、見つめていた。あれは制裁なのか愛なのか。

それを見極めようとしていた。

アーネストとルナリアとサラに関しては、「嫌っ！」の純度一〇〇パーセントなのはわかる。

だがクレアの場合はどうなのか。

「最近あの二人、なんか変よね」

「そうですわね。この前のこと以来」

「仲いいですよねー」

アーネストたちが、毒気を抜かれた顔でつぶやいている。カシムをとっちめるのは、もうやめたらしい。

ちなみに「この前のこと」というのは、〝なんでも言うこと聞く券〟の件である。

あれ以来、なんか二人がぎくしゃくとしているのは、ブレイドも気づいていたのだが……。

サラが言うには——仲がいい？

「なーなー？」

「なによ？」

「あれって、あるの？」

「なにが？」

「愛」

「さぁねぇ」

「ブレイドお兄さん。怒るのも好意の裏返しですよ。まったく関心がないなら、無視、の一択です」

「そうなんだ」

ほー。へー。はー。

なるほど。すごい判定方法を聞いた。

「じゃ、みんな、カシムに好意あるんだ」

ブレイドがそう言うと、皆の顔色が、あからさまに変わった。

「んなわけないでしょ!!」

「ありえませんわ!!」

「お兄さんひどい!!　いっそ殺してください!!」

「いやでも……、裏返しって、いま……？」

ブレイドは、こんらんした。

だっていま、サラが……？

「あれは怒っているんじゃないですから。別物です。殺意に近いほうのなにかです。〝ぎぬろ〟はブッコロス！　って感じですから」

あっ、はい。

○SCENE・Ⅱ「現れた少女」

ブレイドたちが話しこみ、カシムがクレアからぼっこんばっこんばっこん制裁を食らっている時——。

一人の少女が、観衆のあいだを通り抜けて、カシムの前に現れる。

黒いフードを目深《まぶか》にかぶったその少女は、地にへばりついたカシムの前にしゃがみこむ。

ばっこんぼっこん、メイスで叩かれている最中のカシムに問いかけた。

「そんなにぱんつが見たいです?」

すこし舌足らずで、幼い感じのする声だ。

カシムは、はっと顔をあげた。

学園の生徒ではない。見た覚えのない相手。マントとフードで、少々野暮《やぼ》ったい格好であるものの、その下はミニスカートでフリル付き。

なにより、美少女であった。

「見たい! 見たいぞおぉぉ!」

カシムは叫んでいた。

知らない子だが、関係ない。ちょっと歳下っぽいが、関係ない。

サラより上なら守備範囲である。

しゃがみこんでいるために、膝小僧の奥が――ぱんつが！　見えそう！　もう少しで見えるるるるるぅ！

少女は、カシムの視線にはっと気がつくと、スカートを押さえて飛びすさった。
ぎろりと、射殺すような目をカシムに送る。

だがカシムとて、だてに嫌われ者をやっていない。
キッチンの黒光りするヤツを見る目が向けられる。だがカシムにとって、それは日常。
怯《ひる》みもせず、懇願《こんがん》にかかる。

「見せてーっ！　見せてくれーっ！　ねえ君！　今日のぱんつは何色だーい!?」

少女の顔が、嫌悪を通り越して、凍り付いた。
服装からして、見るからに魔法系。大規模魔法攻撃がくるのか、単体大威力攻撃がくるのか、いずれにせよ危険がアブナイ感じ。

クレアが、すうーっと離れていく。

「そんなに見たいなら……」

底冷えのするような少女の声色に、見守る皆は予感した。

カシム死んだな、という顔が九割五分。カシム漢《おとこ》だな、という顔が残り少々。

誰一人として、少女の次の言葉は、予想していなかった。

「……見ればいいのですよ」

少女は自分の手でスカートを持ち上げていった。

「えっ？」

驚きの声は、カシムばかりでなく、観衆の全員からあがった。

ブレイドも例外ではなく、普通に「え？」という反応だった。皆とおんなじ。至極《しごく》普通のリアクション。本人的にはちょっと嬉しかったりする。

スカートが上がる。白い太股《ふともも》が、露わになっていく。黒い服装と白い肌とのコントラストが妖しく映る。そして下着が――。

「ぱんつ――！　見えたあぁぁ――っ！」

カシムが魂の叫びをあげる。

這《は》いつくばった体勢でローアングルから見上げながら、カシムは涙を流して叫んでいた。

そのカシムを見下ろす少女は――。

自分の手でスカートをめくって、ぱんつを見せている少女は――。

ものすごく――、嫌そうな顔をしていた。

「クズだ、カスだ、ゴミ野郎だと……話には聞いていましたが。実物は聞きしに勝るクソ虫でした」

少女は容赦《ようしゃ》ない言葉を投げ落とす。

それを聞いても、カシムはしまりのない顔でへらへらと喜んでいる。なぜなら、ぱんつが見えているから。

物凄《ものすご》い嫌な顔をしながら、ぱんつを見せつづける少女と、へらへら笑っているカシムと、それを呆然《ぼうぜん》と見つめる一同と、奇妙な絵面が続いた。

○SCENE・Ⅲ「ネクロマンサーの少女」

「彼女の名は、ルーシアという。私の遠縁でな。皆、よろしくやってくれたまえ」

夕食の席に国王が現れ、皆に向けて、そう言った。

頭に置かれた手を、ぱしっと撥《は》ねのけ、少女――ルーシアは皆に向けて、ぺこりと頭を下げた。

「る……、ルーシア・グリモア……、で、です……。よ……、よろしく、し……、しやがるです」

めっちゃ嚙《か》みまくり。

夕食の食堂に集まった、上級クラス下級クラス合わせて、百人少々――大勢の注目を浴びて、緊張しまくっている。

腕に抱いてるペット？　ガイコツの犬？　――を、ぎゅーっと抱きしめる。

あんまり力を込めるものだから、ガイコツ犬はバラけたりすぐに戻ったりしている。

「カワイー！」

女子一同が身を震わせている。

イオナのときにもマザーのときにも、同じく、カワイー！　といった反応だったので、小動物っぽい少女が小動物っぽいペットを抱きしめて、緊張にぷるぷる震えている様には、当然、そうなるだろう。

自分が好意的に受け入れられているとわかって、ルーシアは、すこし緊張を解いた。

フードを上げて、顔を出す。

黒いローブのその下には、カラフルなミニスカートのドレスが隠されていた。

床に下ろされたガイコツ犬が、尻尾《しっぽ》を振りたくって、へっへっへっと彼女の周りを駆け回る。

女の子たちのいう「カワイーー！」は、ブレイドにはよくわからないが、あのガイコツ犬は確かにカワイーかもしんない。

「この子は、ミギーというです」

「はいはいはい！　なんで骨なのに動いてるんですか！　その子！」

女子たちの中から手が挙がる。何本も挙がっている。

「えと、それは……」

「彼女は天才的なネクロマンサーでな。上級クラスに転入となったのも、それが理由だ」

答えに詰まったルーシアのかわりに、国王が答える。

いつまでいるんだ、このおっさん——という目を向けてやると、国王のやつは、肩をすくめた。

「ではよろしく頼むぞ。あとは若い者たちでな」

頭に置かれた大きな手を、ぱしっと撥ねのける。

うん。わかるわー。さっきルーシアも、おなじように撥ねのけていた。

このヒゲに頭撫《な》でられるのとか、落ち着かねー。てゆうか。ムカつくー。

○SCENE・Ⅳ「男子ってぱんつ好きですね」

数日が経った、午後の教練。

ブレイドはアーネストとルナリアと、二人と同時に剣を合わせながら、グラウンドの端に目を向けていた。

ルーシアのまわりには、わちゃわちゃと人が集まっている。

「新しい女の子、そんなに気になる？」

ずびゅっと、喉元《のどもと》に突き込まれた切っ先を、余裕を持って、産毛《うぶげ》一本斬らせてかわす。

「わたくしも大変気になりますわ。ブレイド様はああいう子がタイプですの？」

アーネストの剣をかわしたところに、ルナリアの剣がくる。こちらは冷気をまとっていたので、髪の毛三本分ほど余分にかわした。でもちょっと肌が凍った。

「ん？　ん？　なに言ってんの？」

二人の言ってる意味が、ブレイドにも、うっすらとわかる。女の子として興味を持っているのかと聞いているのだ。そして常人なら殺せる威力で突っ込みを入れているのだ。

そして「女の子として興味を持つ」の意味は……、つまりあれだ。アーネストが他の男と仲良くしてるときに感じたりする、あれだ。もやっとした気分のことだ。

だけど、ぜんぜん違う。そんなんじゃない。

ルーシアがぱんつ見せてたとき、他の皆は、男女ともに、ぱんつに全集中していたが――。

ブレイドは他の部分を見ていた。

彼女の内股《うちまた》にあった痣《あざ》というか――。マークというか――。

カシムの手にもある王紋に似ているような気がする。葉っぱだか翼だかの数が、カシムよりもなお少ないから、あちらも不完全バージョンだろうけど。

あと、妙に国王が出張ってきていることも、気になる。

大戦期の話だったが、凄い力を持つ一族が、王家の秘匿《ひとく》戦力として存在していたとか。その力は死霊術をもとにするものだったとか。

「そういうんじゃなくて――、ほら――あれ」

ちょうど向こうで、ルーシアが、ぱんつを見せている。

カシムが見せてとお願いすると、彼女は、ぱんつを見せてくれるのだ。

そしてカシムは、日に何度かお願いをしている。ぱんつ見せてくれ！　と願う。

あのカシムが、日にたったの何回かしかお願いをしないのは、その度《たび》にクレアから折檻《せっかん》を受けているからである。クレアが機嫌を直して、怪我《けが》を復元で直してもらえると、またやって

――そのサイクルが、一日何回、ということであった。

「カシムまたやったー！　もうやらないって言ったのに！　言ったのに！」

ぼっこんばっこん。とげとげメイス制裁を食らっている。すり鉢《ばち》状の窪《くぼ》みの底で、地面の染みになりかけている。

その脇で、ルーシアはスカートの裾《すそ》を持ち上げている。いつものように、もんのすんごい

――嫌そうな顔だが、やっぱりぱんつを見せてあげている。

「な？」

ほら、あれだよ――と、ブレイドが示すと、アーネストが呆《あき》れた声で返してくる。

「なによ、ぱんつなわけ？」

「ブレイド様。下着に興味がおありでしたら、わたくしが、いつでもいくらでも見せて差し上げますわ」

「ブレイドお兄さんも、ぱんつが好きなんですか？」

だから、なんでそーなる。内股の痣を示したんだけど。

あと、なんでサラまで参戦してくる。アーネストとルナリアだけで充分なんだが。

「いつも風呂《テルマエ》で裸なんて見慣れているでしょうに。なんでわざわざ布一枚が見たいわけ？」

「ええ。ええ。わたくしは殿方《とのがた》のそんな性癖《せいへき》にも理解がありますわ。さ――ブレイド様。こちらをどうぞ」

「汚いぱんつブレイドに見せつけんな」

「男の人ってぱんつ好きですよね」

おまえら、ぱんつから離れろ。

「しっかし……、クレア、すっかり暴力ヒロインが板についてきたわねぇ」

アーネストがしんみりと言う。

以前、暴力ヒロインを極めようとして、挫折《ざせつ》したアーネストだ。完璧《かんぺき》な暴力ヒロインとしてのクレアの振るまいに思うところがあるらしい。

「もう知らない！　カシムのばかっ！」

クレアがどすどすと去っていく。

足取りの一歩一歩に怒りが込められている。

その威力は――。

「あーあ、グラウンドに穴、開いちゃったよ」

○SCENE・V「カシムの幸せ」

ふへへへ。うへへへへ……。

気味悪い笑みが、カシムの頬《ほお》に漏《も》れる。

クレアにぼっこんぼっこんにやられて、地面の染みに成り果てても、女子一同全員から絶対《ぜったい》零度《れいど》の視線を向けられていても、カシムは幸せの絶頂にいた。

オレにぱんつを見せてくれる女子がいる！

だいじなことなので、もう一度だ！

オレにぱんつを見せてくれる女子がいる！

ちなみに、彼女、ルーシアちゃんは、すんげー嫌そうな顔をしながら、ぱんつを見せてくれる。

だがそこがイイ！

オレを好いてくれて、嬉しそうに見せてくれる娘なんて、いるはずがない。むしろいたらおかしい。それはリアルじゃない。

オレがスカートめくりをしても、皆、ブッコロス！——という顔で追いかけてくる。「もうカシムさんのばかっ♡」とか頰を染めて咎《とが》めてくる娘なんていないし、いたら現実を疑うし、なにせリアルじゃないし。

だが嫌な顔をしながらぱんつ見せてくれる——これは、ぎりぎりリアルだった。頰をつねらなくても現実だと思える。

それがイイ！

「まったく本当に見下げ果てたゴミ虫なのです。毎回毎回、死にそうになって。学習能力がないんですか。脳みそが虫並みなのです」

ルーシアちゃんは、舌っ足らずの声で、オレを責めたてる。

メスガキ煽《あお》りが——それがイイ！

「だいたい、あのくらいの攻撃も避けられないなんて、ほんとザコ。なんで上級クラスにいるんです？」

「ふ……、上級クラス最弱の男の名は、伊達《だて》じゃないぜ……」

「そこ威張るとこですか？　ザーコザーコ、ほんとザーコ」

ザコ呼ばわりいただきましたぁー！　ありがとうございます！

あ……、なんかちょっと気が遠くなってきた。

「……どうしました？　クズ虫？」

手足が動かない。ダメージ食らいすぎた。

そりゃ、避けようと思えば避けられるんだけど……。

クレアの折檻《せっかん》は、なんか、避けちゃだめな気がするんだ……。

オレの意識が暗黒に呑《の》まれようとしていると、ルーシアちゃんは、ちょっと心配してくれたのか、オレの肩に手を置いて――。

「大丈夫？　おっぱい揉《も》むです？」

「もみゅ――――ッ!!」

オレは一瞬で復活した。

ぐっと突き出された胸に手をあてた。

やっけえ！　貧乳だが。たしかにおっぱいだ。ちっぱいだが。おっぱいだ。

おっぱい！　おっぱい！　おっぱい！

「ほんと単純なクズ……、なんだってこんなやつに……」

死ぬほど嫌な顔になって、おっぱいを揉ませているルーシアのつぶやきは――カシムの耳には届かなかった。

○SCENE・Ⅵ「ぽんこつハニートラップ?」

「ねえ。いくらなんでも、変だと思うわけ」

とある夕食時。アーネストが不意にそう言ってきた。

「なにが?」

「カシムがモテるってこと」

「モテる?」

……と、カシムのほうを見やる。

別テーブルでいちゃいちゃとやっている。上級クラスの皆はいつもは同じテーブルで食事をしているが、故あって、カシムたちだけ別テーブルになっている。

ちなみにテーブルにいるのは、カシムとルーシアのほか、クレア、あと、元カシム親衛隊の隊長をやっていたツインテールの女の子だ。

カシムが王紋に支配されて〝カシム様〟になっていたとき、女の子たち十数人が集まって、〝親衛隊〟とかゆーのを作っていた。そのリーダーの女の子だ。

カシムが〝カシム様〟からカシムに戻り、親衛隊は解散したはずだが……。〝様〟のつかない無印カシムには、用はないはずだが……。なんでいるんだろ？

向こうのテーブルでは、ルーシアが例によって、もんのすっごく嫌そうな顔で、カシムに対して「あ〜ん」とやっている。それに対して、クレアと隊長さんが、なにか言って騒いでいる。

なにを言っているのかは、聞こうと思えば勇者イヤーで聞き取ることもできるのだが……。なんだかその気にならない。

「なんでモテてるんだ？　カシムのやつ？　——カシムってモテないはずだったよな？」

「だから変だって言ってるのよね。まあクレアはわかるし、元親衛隊のあの子は意外だったけど、問題はあの子よね。なんなんだか。あの子。……そもそも転入生自体が、珍しいし」

「そうなの？」

ブレイドは、聞いた。俺俺俺——！　転入生ーっ！

「わたくしも」

ルナリアが言う。ここにも転入生が、一人。

「ブレイドは陛下の肝《きも》いりでしょ。ルネの場合には権力によるゴリ押しでしょ。ほんと、あんたの国ってどうなってんの？　最大戦力を魔剣ごと、よその国に留学だとか」

「魔剣はべつに、もう変身には必要ではありませんけど。《ブリュンヒルデ》が拗《す》ねるので使ってあげておりますけど」

「ふぅん……？　あんたも魔剣なしで変身できるようになったんだー？」

「一度見れば、できるようになりますわ。わたくし、天才ですもの」

「はいはい。先駆者にはなれない天才さんよね」

努力と根性で未知の地平を切り拓くのが、アーネストのお仕事である。

「なーなー？　クーとサラとイオナの場合は、どーなるんだ？」

「……けっこういたわね。うちの転入生」

アーネストがため息をついた。クーは授業受けてなくてぶらぶら遊んでいるから微妙だが、イオナとサラは学科も実技もちゃんと受けている。立派に生徒だ。

「そういや俺、最初来たとき、『この栄えある学園に転入生なんてあり得ない！』って、女帝《エンプレス》様から絡まれたっけ」

「か……、絡んでなんてないわよ。本当に、あり得ないんだから。あと女帝《エンプレス》はやめて」

アーネストはげっそりとした顔で言う。これ知ってる。黒歴史とかゆーやつだ。

「あの子も、陛下の肝いりっぽいけど……。なんかおかしいでしょ。あれ、明らかにカシムのこと、落としにかかってるわよね？」

「落とす……？」

「えーと、ほら、なんていうの？　好きにさせる……とか？」

「トモダチになってれば、好きなんじゃないの？」

「あーもう、友達の好きと男女の好きの、区別のついてないやつは、これだから」

「ひょっとして、俺、ディスられてる？」

「ブレイド様。落とすというのは、こういうことですわ」

ルナリアが腕を取ってくる。ぎゅむっと、柔らかな胸肉が押しつけられる。

「俺、これで落ちるの？」

「落ちないからブレイド様なんですのよ。そして一瞬で陥落《かんらく》するからカシムなんですわ」

カシムを見る。鼻の下が伸びている。あれが陥落した顔というやつか。

「ハニートラップとしては、ポンコツよねぇ」

また知らない言葉がでてきた。

「ハニートラップ？　蜂蜜《はちみつ》の罠《わな》……？　なんだそれ？」

「それは専門家のあたしが、説明しまーっす♡」

イエシカが言ってきた。そうか専門家なのか。

「男子をたらしこむための技が、ハニートラップでぇす♡」

「たらしこむ……？」

「言いなりにさせるってこと。たぶんカシム、あれ、ルーシアちゃんが、〝目でピーナッツ食べて♡〟とか言ったら、食べるんじゃないかしらー？」

「そりゃすごいな。魔法だな」


元勇者でも、目でピーナッツは食べられない。


「豚もおだてて、木に登らせるそうよ」

「すげぇ！　ハニートラップすげぇ！」


すごい。豚って木に登れたんだ。いや登れないのを登らせるのか。だからすごいんだ。


「語尾に♡を付ければ、国のどんな秘密だって、聞き出し放題よー♡」

「やべぇ！　ハニートラップやべぇ！」

「けどハニートラップっていうのは、悟られちゃだめなのよー。あれってモロバレじゃない」

「うん？」

と、カシムたちを見やる。

いまちょうど、「だめー！」っと、クレアの怪力で叩かれたカシムがノックダウンされて、

「大丈夫？　おっぱい揉《も》むです？」と介護されているところ。

手を胸に誘導されたカシムは幸せの絶頂の顔でいるが、ルーシアのほうは、心底嫌そうな顔つきだ。

「あれでバレてないつもりなのよねー。ま。肝心《かんじん》のカシムにはバレていないわけだけど」

やばい！　俺――！

ハニートラップだとわかっていなかった！　バレてないほうだった！

○SCENE・Ⅶ「ネクロマンサー少女とそのペット」

自分の普通力に、若干《じゃっかん》の危機感を覚えて……。

ブレイドは午後の教練のときにも、カシムたちの周囲をうろついていた。

ペット？　──のガイコツ犬、ミギーが、おもに女子たちに人気だ。

「カワイー！　カワイー！」

きゃっきゃっと、そこだけ花の咲いたような空間ができあがっている。かまわれているミギーは尻尾《しっぽ》を振りたくって、女の子たちの間を、くるくると回って大喜びしている。生身の犬であれば、へっへっへっ、とか、はっはっはっ、とか、そんなふうに大ハッスルしているところだ。アンデッドだから息しない。

ペットを遊ばせているルーシアの目は、とても優しい。ぽんこつハニートラップを仕掛けるときにカシムに向ける──射殺すような目とは大違いだ。

クレアも親衛隊の元隊長さんも、いまはガイコツ犬に夢中。黒髪ロングとオレンジのツインテを振り乱して、「カワイー！」「カワイー！」と奇声を張り上げるだけの、変な生き物に成り果てている。

ルーシア自身も、いまはカシムに張り付くのをやめて、皆の輪の中にいる。

ペットがきっかけとなって、皆に溶けこめた感じだ。

ぽつん、と、離れたところにいるカシムに、ブレイドは歩いていった。

「カノジョができるって……いいなぁ」

カシムがしんみりと、そんなことをつぶやいた。

「カノジョって、なんだ？」
「カノジョっつーたら、カノジョだろ。そうだよ……。そうなんだよ！　ついにオレを理解してくれる女の子が現れたんだよ！　やっとだぜ……」

カシムは感激で、打ち震えている。
あれはそういうのじゃないのだと。ハニートラップなのだと。気づけよ？　気づいてよ？
そう思っても、さすがに言えない。現実はカシムに対して残酷《ざんこく》すぎた。

「そっか……。カノジョできて、よかったな」

〝カノジョ〟は、結局、よくわからないままだったが、ブレイドはカシムにそう言った。

○SCENE・Ⅷ「テルマエ・デビュー」

「よし！　――なのです！」

自分の頰《ほお》を自分の手でぱぁんと叩き――ルーシアは気合いを入れた。

足許《あしもと》でミギーも「ひゃん」と鳴き声を上げている。


ここの連中。頭おかしい。

なぜか風呂《テルマエ》が混浴だ。そしておかしいのが、誰も騒がず、あたりまえのように男女とも裸で露天風呂《テルマエ》に入っていることである。

これまでは尻込みして、部屋に備え付けのバスルームを使っていたルーシアだったが――。

ハニートラップを仕掛ける者として、避けて通ることはできない。

合法的に裸でいられるその場所で、たらしこまないで、どーする！

と、自分を奮《ふる》い立たせているのだが――。

やっぱり、コワイ。男の前に裸で出ていくことがコワイのでなく――いやそれもコワイのだけど。そもそも、それ以前として、人間全部が、全般的にコワイのだ。

正確には、生きている人間が。

彼女は、いわゆる引きこもりだった。お友達はアンデッドだけ。生きている友達はいない。死んでる友達なら、たくさんいる。ミギーもそうだし。ゴーストやレイスは屋敷の使用人をやってるし。しかし生きている人間と口をきいたのは、記憶によれば、七歳だか八歳だかのときが最後だったはず。喋《しゃべ》りかたとか、正直、よくわかんない。変になってるかもしんない。

「ルーシアちゃん、お風呂《テルマエ》きてくれたんだー」

服をのろのろと脱いでいると、ルーシアの〝天敵〟がやってきた。

名をクレアという。最強のコミュ力を持ち、不死身のメンタルを備えるモンスターである。

いくら拒絶しても、きーてくんない。

はじめは、ターゲットであるカシムを、ガード？　虐待《ぎゃくたい》？　折檻《せっかん》？　――するために来ていたようだが、そのうちに、ルーシアとお友達になろうと画策をはじめた。

ルーシアにとっては、まったく、迷惑な限りである。

ほんと。迷惑。この学園には、カシムを籠絡《ろうらく》するために来ているのに。トモダチを作りに来たわけじゃないのに――。

「貴女《あなた》のこと、まだ認めたわけじゃないいんだからね」

天敵その2も現れる。

親衛隊とかなんとか言っていた子だ。ルーシアのことを勝手にライバル視してきて、「カシム様のどのへんが好きなの？」とか聞いてきた。

まさか「あんなエロガキまったく好みじゃないのです」とかは言えず、適当に口からでまかせで、「凛々《りり》しいところ」とか「知的なところ」とか、本人の性質と真逆のことを言ってみたら、「ふぅん、わかっているじゃない」などと、認められてしまった。

親衛隊会員番号一二番とかも発行されてしまった。いらないのに。

「カシムはそんなに見てこないよ？　エッチだけど紳士だよ」

それは意気地《いくじ》がないだけ。見たいのにガン見もできないヘタレなだけ。

「ようやく彼に裸を見せる覚悟ができたのね。——その覚悟だけは、認めてあげるわ」

認めてないのか、認めているのか、どっちなのか。ウザ絡みするそれが、コミュニケーションとやらなのか。

「ルーシアちゃん。さあ、行こ。みんなのとこ、行こ。——あんまり男の子の来ないところがいいよね？」

「よ……、よろしくするです」

心の声と、口に出す声が、同じになってくれない。

複雑な気持ちを抱えつつ、クレアに手を引かれて、広大な露天風呂《テルマエ》に足を踏み出していった。

○SCENE・Ⅸ「はだかのおつきあい」

「やー！　ルーシアちゃん！」

人気《ひとけ》のないところで、女子だけで、ひっそりと入浴をしていたのに、あいつがわざわざやってきた。反射的に、首まで湯のなかに沈めてしまったが、思い直せば、これはチャンスである。

「だ……、ダーリン、そっちに行ってもいいです？」

「ダーリンだとおっ！」

「ひっ」

ラブリーでハニートラップ的な愛称を考えてみたのだが。だめだったろうか。慣れ慣れしかったろうか？　いまいちこの変な男との距離感が摑《つか》めない。とりあえずエッチなエサを投げておけばゴキゲンなのはわかってるが、どこで怒るか。その勘所が摑めない。

「なんて素晴らしい！　ぜひそう呼んでくれ！」

「あ、はい……、ダーリン♥」

よかったらしい。オッケーだったらしい。あーびっくりした。

「うへへー、ダーリンだって、ダーリンだって、ダーリンだって……、うへへへへー」

「もうっ、カシム、デレデレしすぎー！」

クレアがカシムの背中を、ぽかぽかと叩いている。

なんなんだろ？　この二人？　幼なじみというらしいけど……。なんなの？　この距離感？

付き合ってんの？　それとも家族なの？

「だめですクレア、ダーリンはわたしのなんですから」

ルーシアはクレアの手からカシムを奪い取った。正直いって、クレアは邪魔だ。幼なじみだかなんだか知らないが、いつも間に入ってくる。彼女がいなければ、とっくに目的達成できている。こんなエロガキ一匹、簡単に誘惑できて、簡単に子作り達成だ。

「な……、なぁ……、ルーシアちゃん？」

「なんですか？」

「そ、その……、お、おっぱい……見たいんだけど」

見ればいいだけなのに、なにを言っているんだろう、こいつは？

大露天風呂《テルマエ》で、混浴で、裸である。

見れば？

「ダーリンだから、見ていいです」

あー、すごく嫌そうな顔になってるのが、自分でもわかる。

でもどうにもならない。なのに、こいつは気づかない。

バカなの？　すごいザコ。

こんな、ちっぱい、見て嬉しいの？　隣の巨乳が、ぽかぽか叩いてきていて、ばるんばるん揺れまくっているのに？

あーもう、わけがわかんないです。

ルーシアは困ったような顔で、ちっぱいを見せた。

○SCENE・X「先祖の死霊たち」

「ふう……」

風呂上がりの髪をタオルで包みつつ、部屋に帰る。

「ただいまです」

机の上に置かれた頭蓋骨《ずがいこつ》に、ぽんと手を置く。

『今日の首尾《しゆび》はどうか』

髑髏《しゃれこうべ》から、思念が響く。

「おっぱい見せたです。一緒にお風呂《テルマエ》に入ったです」

『おお。それはまずまずの成果だな』

風呂《テルマエ》は混浴でターゲット以外も一緒だったし、おっぱいも自分以外の大きめなのが、ばるんばるん暴れ回っていたし。

でも髑髏に取り憑《つ》いている霊は、この部屋から出られないので、そんなことは知らない。

ルーシアも面倒なので説明はしない。ハニートラップを仕掛けるときは無理してテンション上げているが、本来の素の彼女は、とてもローテンションであった。


『我ら一族の悲願が、もうすぐ成就《じょうじゅ》する』

『そうだ。王家の光と影が、いまこそ一つになる時よ』

『王紋だ……。完全なる王紋が、いまこそ我らの手に……』

『王国の暗部を担《にな》いし我らが、実権を握る。愉快、ここに極《きわ》まれり……』


死霊の声が、いくつも重なって鳴り響く。髑髏にはいくつもの死霊が棲《す》みついている。何代前の先祖まで入っているのか、ルーシアも知らない。

ルーシアは死霊術の天才だった。真の意味において、天才と呼ぶべき存在だった。

生まれつき霊に愛される彼女は、わずか三歳のときに、意図せず、先祖の霊をごっそり何百年分も喚《よ》び出してしまったのだ。

『あとは子種を受けるばかりだ。さすれば子が得られよう』

『だがどうやって誘う？　彼奴《あやつ》、なかなか奥手のようだが』

『その種の手管《てくだ》は女が詳しかろう』

『女。女がいたろう。第三十七代当主は女だったろう。どこに行った？』

『呼んだかえ？　ひょっひょっひょっ』


死霊たちの会議は続く。


ルーシアはため息をついた。

昔から、こうだった。ルーシアがどうするべきか。なにをすべきか。先祖会議で、すべてが決められる。

ルーシアが命じられたのは、この学園に来て、カシムという男を誘惑して籠絡《ろうらく》して、子作りするということ。籠絡とか誘惑とか、わかんない、と言えば、ぱんつ見せるとかおっぱい揉《も》ませるとかすればいいと、そう指示された。だからその通りにやっている。

子作りっていうのも、じつはよくわからなかったが、それはその時が来たら、身を任せるだけでいいと指示されている。拒《こば》まなければ。天井の染みを数えていれば終わるとも。

死霊たちがなにを考えているのか、ルーシアにはわからなかったし、興味もなかった。

話の節々から、王紋がどーとか聞こえてくる。たぶん太股《ふともも》にある、この痣《あざ》のことだと思う。

「おいで。ミギー」

自分の身にも、自分の運命にも、どちらもまったく関心のない少女は、先祖たちの会議をBGMとして聞きながら、ペットを遊ばせていた。

○SCENE・XI「クレアげきおこ」

クレアは廊下《ろうか》でカシムをつかまえていた。このところの不満を爆発させている。

「ばかばかばか！　カシムのばか！　ばかカシム！」

「なんだよ？　オレがモテたからって、なに怒ってんだよ？」

「怒ってなんていないよ！　カシムのことを心配してるだけだよ！」

「だからなんの心配なんだよ」

「カシムはすぐ調子に乗るから」

「調子にノッて、なにが悪いんだよ？　乗るしかないだろ。このビッグウェーブに」

「カシム冷静になって！」

「誰しも人生に一度は〝モテ期〟なるものが来るという。それがオレにも来たんだよ」

「カシム頭を冷やして！　カシムがモテるはずないから！　これは現実じゃないから！」

ルーシアちゃんと仲良くなって、それでわかったのは、やっぱり、カシムを好きなんかじゃないってこと。なにかワケありなのだと……。

「……なんだよ」

「えっ？」

カシムの声色が急に変わる。クレアは思わず聞き返していた。

「クレアだけは、オレのいいところ、わかってくれてると思ってた」

「えっ……？」

「オレがいくらみんなから馬鹿にされても、クレアだけは、オレがいつか強くなって、ビッグになって、ハーレムキングになるって、信じてくれてると思ってた」

「えっ？　はーれむきんぐ？」


クレアは、きょとんとなった。

カシムが強くなるとか、立派になるとか、まったくぜんぜん信じていない。カシムという男の子に対して、ひとつだけ、クレアの信じていることは——。


「なんだよ……。違ったのかよ。クレアも結局、みんなとおんなじかよ」

「ちがうよ！　ちがうよ！　知ってるよ！　カシムはバカでエッチで、立派だったりしなくて、いつも情けない男の子なんだって、ちゃんとわかってるから！」


あっ——。言いかた失敗しちゃった。

クレアが本当に言いたいことは、カシムはいつも変わらぬカシムなのだということで——。

「やっぱり馬鹿にしてたのかよ！」

「ちがうよ！　バカだとは思ってるけど、馬鹿にしてないから！」

「意味わかんねーよ！」

「わかんないのはカシムだよ！　あんな――ちょっとぱんつ見せてくれたり、ちょっとおっぱい揉ませてくれたりするくらいで、鼻の下伸ばしちゃって！」

「じゃあ見せてくれよ！　誰かオレにぱんつ見せてくれよ！　スカートめくりしないでも、自分から見せてくれる娘がどこかにいるのかよ！」

「それはその……」

「おまえの無駄にでかい巨乳！　揉みしだいてもいいのかよ！」

「それはやだ」


胸を押さえて、後じさる。無駄とか言われた！　気にしてるのに！


「ぱんつも見せてくんないし、おっぱいも揉ませてくれないようなやつが、ぱんつ見せてくれておっぱいだって揉ませてくれる女の子のことを、とやかく言うじゃねぇーっ！　失礼だ！」

「もうっ！　さっきからそればっかり！　そのことしかないの!?　ぱんつとおっぱいのことしか頭にないの！」

「ないぞ？」

カシムが真顔で言う。——そうだった！　カシムはそういう男の子だったーっ！


「カシムのばかーっ！」

「クレアこそ、ばかーっ！　巨乳ーっ！」

「巨乳ってそれ悪口なのっ!?」

「ばーか、ばーか、ばか巨乳ーっ、ざーこざーこ！」

「ザコはカシムでしょ!?」

「ザコって言ったな!?　ザコモブって言ったな!?」

「モブのほうは言ってませんけど!?」


もう、二人、子供みたいに言い合いをするばかり。わかってもらおうとか、なだめようとか、そうした思考はすべて蒸発して、ただただ、鬱憤《うつぷん》をぶつけあって怒鳴り散らした。

○SCENE・XII「気になる男子は？」

「カシムのばかーっ!!」

思いっきり叫んだ。

黒髪をくるりと巻いて、背中を向ける。

床を踏み抜きかねない勢いで、どすどすと廊下を突き進んで、自分の部屋に入ると——。

「痴話喧嘩《ちわげんか》。おつー」

寝間着《ネグリジエ》姿のイェシカが、そう言って出迎えてきた。

「えっ?」

カシムと喧嘩していたことを、なんで、イェシカが知ってるの?

「あれだけ大声で叫びあっていれば、そりゃぁ、寮中の全員が、知ってるわよねぇ」

「うわあああ!」

クレアは頭を抱えた。恥ずかしい恥ずかしい恥ずかしい! ……くもないか。

「でもべつに、痴話喧嘩とかじゃないよ？」

喧嘩しただけ。よく考えてみれば恥ずかしくない。イェシカの言う痴話喧嘩とかじゃないし。

「なに言ってるんだか。カシムのことを学園で一番気にしてるのが、あんたでしょ？　みんな見てみなさいよ。カシムがモテてることに驚いてはいても、〝正気に返れ〟なんて諭《さと》してるの、あんただけじゃない」

「そりゃ……、友達、だから……」

「普通の友達の距離感はね、『あれ絶対あとでフラれて痛い目見るぜー』って思っていても、口には出さずに距離を置いて見守るぐらいのものよ。それが普通の友達ってもんよ」

「そ、そうかもしんないけど……」

「あたしだってねー、そりゃ、すこしは思うところあるわよ。あんな見え見えのハニートラップに引っかかって、なにデレデレしてんだか。ちょっとぐらい痛い目見ればいいのよ。いい気味だわ。――とかね」

「うん？」

イェシカのそれも、普通の友達の距離感とも、ちょっと違うのでは？

「あんたいい加減に、気づきなさいよ。普通の友達の距離感じゃないの。もっと特別に近いの」

「そ、そうなの……、かな？」

「そうなの」


そうして断言されてしまうと、クレアもだんだん、そうかな……？　という気になってきた。

「だいたい、このあいだ、あんた、チューしてたじゃない」

「あれは――！　ほっぺにチューだよ!?　ほっぺだから!?」

クレアは慌てた。〝なんでも言うこと聞く券〟をカシムに渡したときの話だ。すごくエッチなお願いをされるかと覚悟したのだが、思いのほか普通のお願いでほっとした覚えがある。

「ほっぺにだって、ふつーは、しません」

「ええっ？　するよ？　弟とかお兄ちゃんには、普通にするもん」

「じゃああんた、クレイのほっぺにチューできる？」

「ええっ？　そんなのできるわけないよぅ」

「ほらみなさい」

「……あれっ？」

クレアは、こてんと、首を傾《かし》げた。

「……なんで？　……できないんだろ？」

「だからカシムが、あんたにとって、特別だってことでしょーが」

「えっ？　えっ？　ええええっ？」

クレアはこんらんした。自分が好きなのは、ブレイド君のはず……。

だけどカシムも、たしかに、放っておけない感じがする。

「えっ？　えっ？　えっ？　……どゆこと？」

はじめて気づいた自分の気持ちに、クレアは戸惑った。

カシムのほっぺにチューは、普通にできる。

クレイとかレナード君とかのほっぺにチューは、できるはずがない。だってそんなの変だし。

ブレイド君のほっぺにチューは、したいけど、恥ずかしくてできないかもっ！

なんでカシムは他の男の子と違うのか。特別なのか。

クレアが自分の気持ちをよく吟味《ぎんみ》していると……。

にまー、と、笑いを浮かべている親友と目線が合った。

「うふふふふー、いま気づいたっていう顔ね」

クレアは顔が一瞬で真っ赤になって、うわーって感じになって、そして反撃に出た。

「じゃあイェシカはクレイとカシムだったら、どっちがいいの!?」

「ふえっ？」

「ふえ――じゃなくて、もしもほっぺにチューするんだったら、クレイとカシムのどっちがいいのって、聞いてるの」

これまでのお返しとばかりに、クレアは攻め立てる。

「イェシカだったらほっぺにチューじゃなくて、ダイレクトに口同士かなっ？　それとも、もっとスゴいことしちゃう？」

「ちょちょちょ、待ってあたしは実は――」

「どっち？　どっちなの？」


クレアは物凄《ものすご》い勢いで詰め寄った。


「こ、これまでは、そんなふうに見たことなかったけど……」

「けどっ⁉」

「し、しいていうなら……」

「しいていうならっ⁉」

「か、カシムのほうかなぁ……、ほ、ほらクレイってば真面目《まじめ》だから、あたしみたいなビッチ的なの、だめそうじゃん？」

「ふんふん――！　そんなことないと思うけどっ！　それでそれでっ⁉」

鼻息も荒く、クレアは恋バナに全集中。

じつはイェシカの場合、そういう開放的な部分がツボにはまり、クレイから好かれているわけだが……。クレイ……、浮かばれず。

「ううんっ……、友達ならいいけど、ステディ的になるんだったら、クレイって、そゆとこ気にしそうじゃん？　その点カシムだったら、下ネタでもなんでもオールオッケーでしょ。エロければ、どんなんでも、全肯定してくれそうじゃない？」

「そうだよね！　大きいのも小さいのも貴賤《きせん》なし！　――とか、カシムだったら言うよね！」

クレアは何度もうなずいた。これを言うと他の女子から怒られるのだけど、じつは胸が大きいことは、クレアのコンプレックスであった。大きすぎて気持ち悪がられるんじゃないかとか、そんな心配をしてしまう。でもカシムなら、そんな心配はいらない。自然体でいられる。

「あははは……、ほら、学園の女の子で、カシムの守備範囲に入っていない女の子って、一人もいないじゃない？　みんな大好き！　ぱんつ見せてくれー！　――って、誰にでも女子全員に対して言ってるじゃない？　だったら自分も嫌われないって安心感はあるのよ。鉄板よね」

「そうだよ！　そこがカシムのいいところだよ！　エッチなところ！」

親友同士、カシム談義が盛り上がる。エッチなところにさえ目をつぶれるなら、じつはカシムは、けっこういい物件だったりするのかも？

「あっ、親衛隊の隊長さんの気持ち、すこし、わかってきたかも……」

王紋モードがなくなって、〝カシム様〟でなくなったのに、なぜ愛想を尽かさないでいるのか……。不思議だったのだ。

「ほらほら、それに、王紋モードだって、将来、マリアとマオみたいに統合されたりするかもよ？　そしたら化けるかも？　ワンチャンあるかも？」

「カシムが人気者になっちゃうね」

クレアは笑った。ちょっと想像がつかない。

いまの時点でカシムを評価できているのは、幼なじみの自分たちだけ。長いこと付き合ってきていてエッチなところに目を瞑《つぶ》れる、というか慣れた——自分たちだけだけど。

「そういえば思い出したんだけど。──クレア？　あんた、昔って、クレイ派じゃなかった？」

「えっ？　そうだっけ？　……うーん。……そうだったかも？　昔だったら、クレイかなー。真面目な人は好みだし。クレイは女の子に優しいし紳士だし。努力派だし」

うん。いい人なのに、いろいろモテなかったり報われなかったりしていたクレイを見て、支えてあげたいなー、なんて思ったことは、ジュニアスクールのころにはあったかも？

放課後、日が暮れるまで素振りをしているクレイに、ときめいちゃったりとか。

けどいまのクレイは、あちこちからモテているし、サラちゃんとか《ブリファイア》ちゃんとかマザーちゃんとか、放蕩姫《ほうとうき》さんとか。女の子がいっぱいだ。

実力的にも〝主人公〟とか異名を持つくらいで、破竜饕餮《ドラグイーター》を手で払いのけるし、超生物ムーブをかましていて、実力者の風格が出てきているし。

だから、もういっかなー、的な？

「クレアってダメンズが好きなところあるわよね」

「えっ？　そうかな？　……だめんず？　って？」

「報われない男性を支えてあげたい、みたいな欲求？」

「そ、そうかな？」

「そうよ。だめじゃなくなったらポイ捨てだもの。クレイかわいそー」

「ポイ捨てなんてしてないよ！　クレイは友達だよ。ずっと友達だもの！」

「あっ……、その点、カシムはポイント高いんだ。ずっとだめなままでいる感が、半端《はんぱ》ないわ」

「それはそうだよねー」


クレアは笑った。

親友同士の、ちょっと生々しいガールズトークは、夜更けまで続いた。

○SCENE・XIII「マザー来訪」

「ダーリン、これあげるです」

「おお！　サンキューなっ！」

昼の食堂。上級クラスのテーブルに、ルーシアは普通にいるようになっていた。

自分の皿から、ぽいぽい、と、ニンジンとインゲンとピーマンとブロッコリーを、カシムの皿へと、次々に移す。食堂のマダムに容赦《ようしゃ》なく盛られたそれを、カシムの皿に捨てている。

だがカシムは大喜び。好き嫌いのないカシムに、好き嫌いのある人間の気分はわからない。

カノジョからのプレゼントだと、〝愛〟だと思って、単に浮かれている。

「ねーねー、ミギーくんに、骨、あげていい？」

「いいですよ」

クレアに聞かれて、ルーシアは快《こころよ》くオーケーを出した。はじめはガチガチに構えていた警戒姿勢も、だいぶ緩《ゆる》んできている。ペットへの餌《えさ》やりもやらせるほど。

「ほらー、ミギーちゃーん、ごはんごはん、ごはんだよー♪」

クレアはフライドチキンの骨を、しゃぶって綺麗《きれい》にして、テーブルの下の足許《あしもと》へと落とす。

骨にかぶりつくのは、ペットのガイコツ犬。ミギーである。アンデッドのガイコツ犬は、骨を食べるのではなく、取り込んで同化吸収するっぽい？　骨ならなんでもいいっぽい？

餌付《えづ》けはフライドチキンの骨だったり、スペアリブの骨だったり、ステーキの骨だったり。

学園の寮は、ペット禁止。テイマーやサモナーといった一部の者を除き、触れ合いは不可。

よって女の子たちは小動物に飢えていた。

皆から可愛《かわい》がられるミギーが架け橋となって、ルーシアもかなり皆と打ち解けるようになっていた。


はじめは、ネクロマンサーだから気味悪がられると思っていた。

はじめは、ガイコツ犬のミギーに石を投げられると思っていた。

はじめは、あまりにも強力すぎる死霊たちの力を恐れられると思っていた。


でもこの学園には、すでに超生物が君臨していた。規格外の超生物と比べれば、ネクロマンサーなど、単なる一般人。ドラゴンベビーが「親さまー」と媚《こ》びを売ってるこの学内で、白骨ペットは「カワイー♡」ともてはやされるほうの部類。

そして各々《おのおの》が異常な力を持つ生徒たちの間では、ルーシアも普通の子扱い。

彼女の知らなかった平穏と普通が、ここにはあった。

いつもの昼どき。いつもの食堂。いつもの日常が、ここにはあるのだった。

——と、そんないつもの日常が、不意に破られた。

食堂の入口から、すたすたと、小さな少女が歩いてくる。

昼の人混みが、二つに分かれた。

道を譲《ゆず》る皆は、「マザーだ」「マザーちゃんだ」と口々に言う。

なんの飾り気もない白いだけのワンピースを着た少女は、上級クラスのテーブルにやってくると、あたりまえのような顔をして、クレイの膝の上に座った。

えっ？　——という顔でいるのは、ルーシアばかり。他の皆は、平然と食事を続けている。

「……なんです？　この子？」

ルーシアは聞いた。

聞かれて皆は気づく。なんとなく流れで受け入れてしまっていたが、彼女が何者なのか、そういえば、誰もよく知らない。

「えーと？　イオナの……元上司？」

アーネストがつぶやく。

地底からやってくる、凄《すご》い力を持った子であるとか。ガーディアンたちの主《あるじ》であるとか。皆の認識は、その程度。唯一、説明が可能なイライザは――。

「説明することはできますが、どうせ、理解できないでしょうから、するだけ無駄です」

と、説明を放棄。

「マザーちゃん。今日はどうしたんだい？」

ジュースを飲ませてやりながら、クレイが聞く。

「前回のときと、用件は同じ。――新たに船長権限を限定所有する者が、この王都を訪れた。視認による確認のためにきた」

マザーの目が、ルーシアに向かう。

「……？」

フォークをくわえて、ルーシアはきょとんと小首を傾《かし》げる。

「ほら、アザだよ、アザ」

ブレイドはそう言った。皆がわかっていないようなので、スプーンを振って、指摘する。

「痣《あざ》？　どこによ？」

「ぱんつの近くに」

「あったっけ？」

アーネストが首を傾げる。

みんな、ほんと、ぱんつしか見ていないのな。

「ルーシアちゃん……、ぱ、ぱんつ見せてくれないかな?」

カシムが言う。一般的にいって、物凄いことを言っている。

だが一日に複数回繰り返される光景になってしまうと、それは日常だ。誰も騒がない。最近はクレアも鉄拳制裁を忘れている。

「ダーリンが言うなら」

近くの女子、およびマザーちゃんの手によって、レナードとクレイの目が塞《ふさ》がれる。

そしてルーシアはいつもの嫌そうな顔で、スカートをめくってぱんつを見せる。

「──ほら」

彼女の太股《ふともも》の内側に、たしかに、痣はあった。

「ほんとね」

いま気づいたかのように――いま気づいたのだろう――アーネストが言う。

「二葉の王紋を確認。船長権限には足りず。都市機構に対してのアクセスプロトコル――ハンドシェイク開始。――リジェクト。アクセスは許可されない」

「なに言ってんの？　――マザーちゃんは？」

アーネストの問いに、イライザが頭を振る。

「この時代の未開人に理解できるように説明するのは無理かと思いますよ。なにせ文明レベルが、古代基準でいえば中世相当ですからね」

「おーほほほ、未開の山猿には難しいということですわよ」

ルナリアが手の甲を口元にあてて、甲高《かんだか》く笑う。アーネストをくさすとき、ルナリアは決して機会を逃さない。

「あんたもです。似非《えせ》天才さん。微積《びせき》と対数《たいすう》くらい理解してもらっていないと、とっかかりもありませんので」

「びせき？　たいすう？」

自称天才が、こどもの顔になって、きょとんとしている。

「まあ、ようするに、問題ないってことだろ」

「いまの流れで、なんでブレイドがわかってんのよ？」

「えー？　なんとなく？」

ジュースをちゅーちゅーと吸っているマザーに、ブレイドは、ふと思ったことを聞いてみた。

「なーなー？　六枚ないとだめなん？　四枚と二枚――二人でなら、六枚あるぞ？」

「過去に双子の兄妹の王の例はある。その場合にはシンクロ率が九八パーセントは必要」

「ふぅん。つまりだめなんか」

「だからそれって、なんの話？」

アーネストはいまだにわかっていない。意外と皆、見ているのに見えていないものらしい。

国王の手の甲にある王紋には、葉っぱ？　――が、六枚ほど備わっている。

その六枚の葉のある状態が完全体として、カシムは四枚、ルーシアは二枚なわけだ。二人合わせれば六枚になるんじゃないかと思って聞いてみた。

でもだめだった模様。シンクロ率？　というのはなんだろ？　相性？　カシムとルーシアの様子をみると、一人で浮かれていたり、嫌な顔マックスだったりで、たぶん、相性は最悪。


「確認完了」

マザーがクレイの膝から、ぴょんと降りる。


「マザーは帰る」

「あっ、もう？」

「……クレイが引き留めるので、マザーは地上への出向を延長することにする」

「あのぅ、もうこれ、いいですか？」

ルーシアはスカートを持ち上げたまま。

「ルーシアちゃん、もうちょっと！　もうちょっとだけプリーズ！」

「最低のクソ野郎ですね……」

○SCENE・XIV「国王とセイレーン」

「こちらの書類にもサインをお願いします。あと決裁《けっさい》の必要な書類は、こちらとこちらです」

いつもの執務室。いつもの朝。

いつものようにセイレーン宰相《さいしょう》の監視付きで、国王は、朝から書類の山に埋もれていた。

好き勝手やっているように見られている国王であるが、その日常は、書類との格闘である。

有能かつ敏腕《びんわん》のセイレーン宰相が、最大限、サポートしているが、国王本人がしなければならない職務は多い。

「おっと。時間かね」

書類に没頭していた国王は、机上《きじょう》の時計がベルを鳴らしてペンを止めた。

「セイレーン。本日は、どんな気分かね？」

「午後から、にわか雨が欲しい気分ですわ」

「ではそうしよう」


国王は、王紋を輝かせる。手の甲に一瞬だけ、六翼の紋章が現れる。


この地方の今日の天気を、いま、定めた。

毎朝、その日の天気を決めることも、国王の重要な仕事の一つである。

天気の内容自体はセイレーンが決めるが、実行権限は王紋の所有者にしかない。

本日の天気は——セイレーンの気分というより、近隣の農業の都合だ。王都近郊の農家で、苗の植え付けをしている頃だった。その時期に一雨あれば、根付きやすく、収量もあがる。

「四翼か——」

自分の手の甲にある紋章を見ながら、国王は、つぶやいた。
「まさか、四翼の紋章が、カシムに発現するとはね……」
「もっとも望み薄かった者が、もっとも有望な者に化けましたね」

セイレーンは国王の胸中を思い、そう言った。

王国には、王女や王子はいない。ただ一人、王が君臨するのみである。
これが通常の国であれば、王子なり皇子なりが、多数存在する。どこの国も王位継承者を二桁《けた》ほどは確保しておくものだ。

王国だけが、ただ、特別なのだった。
はじめに一つの王国ありき。他のすべての国々は、元は王国から分かれていったものだった。

そして王国には、国名がない。

王国とは、ただ一つの国のことである。そして王とは、ただ一人のことである。名前を付けて区別する必要はなく、よって国名もいらない。

王紋を持つものが王であり、その王が治める国が王国なのだ。

「獅子は我が子を千尋《せんじん》の谷に落とし、這《は》い上がってきた子のみを我が子とす。……でしたか？」

「そんな上等なものではないよ……」

セイレーンの言葉に、国王は薄く笑った。

あちこちに種を播《ま》いて、形質が色濃く表れた者だけを拾い上げる。それ以外は認知されず、王の血を引いているということさえ伝えられない。

「もう一人の二翼の彼女は、グリモア家の落胤《らくいん》の系譜か」

「傍流《ぼうりゅう》も傍流ですが……。あちらも王家の傍流です。直系以外での発現は珍しいことではありますが、二翼程度であれば、有り得なくもありません」

セイレーンの声は、すこし固い。

国王に最も近い場所にいながら、彼女には、いまだに子はいない。

「君には苦労をかけるね」

「望んでしている苦労ですから……。貴方《あなた》のために」

見つめ合い、数秒ほど。短くも濃密な時間が流れた。

「ところで、保護者参観を計画しているのだがね。関係各所への連絡と調整を頼めるかな？」

「はい？」

国王の傍にいて、話についていけないことは、よくある。

発想の外からの話を持ちかけられて、理解するまで、しばらくかかることも――。

暗部の一族の娘を学園に転入させるという話をされたときもそうだ。覇王《はおう》の考えを、凡人《ぼんじん》が推し量ることなどできない。

「保護者……、参観……ですか？　それはどのような？」

「ああ。君のいた学校ではなかったかね？　親や師などが一堂に会《かい》して、講義や教練の様子を見学するわけだよ。こう――講堂の後ろで、一列に並んでな。じっと見ているのだ」

「それは……」

セイレーンは、その様子を想像してみる。

「……なにかの罰ゲームですか？」

「はっはっは！」

ツボに入ってしまったのか、国王は数十秒ほど笑い続けた。

「たしかにあれは罰ゲームだったな！」

膝をばしばしと叩いて、まだウケている。

「――で、その罰ゲームを行うので、手配を頼む」

「はぁ……」

なぜ保護者参観とやらが必要なのか。そもそも、なぜ暗部の一族の娘を学園に通わせたのか。

王国の闇を表に出すのか。その許可を出したのは、なぜなのか。

いくらでも問い質《ただ》したいことはあった。

だがしかし、凡人でしかない自分に、覇道《はどう》を歩む彼の考えを推し量ることなどできない。

彼の歩いた道、成し遂《と》げた偉業——人々はそれを、〝覇道〟と呼ぶのだ。

○SCENE・XV「保護者参観・下級クラス講義」

「あらぁ～、人の子がいっぱい～、小さき者たちが頑張っているのね～、愛《う》いわぁ～、愛《う》いわぁ～、いじましいわぁ～」

ピンクの扇子《せんす》をひらひらとさせ、胸元の超爆乳を右に左に振りたくるのは、クーママだ。

「クーちゃん！　クーちゃーん！　きゃー！　がんばってー！　その国が滅んだのは三百年前よー！　わらわが滅ぼしたのよー！」

午前の講義。王国史の授業中。下級クラスの授業に混じってお勉強中のクーを、クーママが応援している。答えまで言っちゃって応援中。

「ママ静かにしないと退場なのだ」

一際《ひときわ》冷たい声でクーに言われると、クーママはぴしっと不動になった。

クーママが静かになると、次に騒ぎ出す者が現れる。颯爽《さっそう》としたイケメンが——。

「おお。サラよ。そこは我が国が大きな働きを見せた出来事で——」

「師匠《ししょう》。静かにされないと破門ですよ」

憮然《ぶぜん》とした声で、ロリっ子が、ぶっすりと太い釘を刺しにいく。

名前も呼ばずに師匠呼び。あと弟子の側からの破門宣告。どれほどサラが頭にきているかを如実《にょじつ》に示している。

「イライザ氏、そんな問題などイライザ氏の頭脳には簡単なはず。単なる暗記問題になにを手間取っているのだ」

包帯男がつぎに騒ぎ出す。イライザの助手を務めるジェームズである。

ぷるぷると震えて耐えていたイライザだが、ついに我慢の限界を超えた。

「なぜあんたが私の保護者なんですか！　逆でしょう！　私は師匠ですよ！　それがなにか！」

「とはいってもイライザ氏は十三歳だからな。成人している俺が保護者となるのは必然で――」

「破門！　破門ハモン！　破門です！」

「やった！　学会追放されたぞ！」

マッドサイエンティストにとって、破門＝学会追放は誉《ほま》れ。ぜんぜん堪《こた》えていない。

「ぴゃー……、ぴゃー……」

魔法少女隊五人組のリーダー、アルティアも、悲鳴に近い鳴き声をあげながら身を低くしていた。自分の親が、しでかさないように……ただ祈るばかり。

下級クラスの授業に出ているのは、他に魔法少女隊のミリアム、カレン、シモーヌ、レヴィアと——。マキノ、ユーリ、キリカ、アーミテージ、などなど。カシム様親衛隊の隊長も、こちらに席がある。
皆、一様に、ぷるぷると震えて、耐え忍んでいた。

○SCENE・XVI「保護者参観・上級クラス講義」

一方、上級クラスのほうでは——。こちらはこちらで、地獄絵図が繰り広げられていた。

「お父さま……、お母さま……、いっそ殺して」

アーネストの両親は、揃ってやってきていた。

父親と母親、その間に横断幕が渡っている。「女帝《エンプレス》アーネストはフレイミング家の誉れ！」と書かれていて、それがアーネストに、クリティカルなダメージを与えている。

女帝《エンプレス》ヤメテ……。

父親も母親も王国に名だたる剣豪なのだが……。いまは単なるバカ親でしかない。

「父上……、母上……、どうして……」

そして隣ではルナリアも突っ伏していた。アーネストのフレイミング家と、ルナリアのシュタインベルク家には、家同士の因縁《いんねん》がある。代々、張り合う関係だ。よって――。

「元祖・女帝《エンプレス》！」という横断幕が、急遽《きゅうきょ》、手作りで張られている。

女帝《エンプレス》ヤメテ……。


クレイ、クレア、イェシカ――あたりは、比較的、穏やかな気分で講義を受けることができていた。クレイやクレアの両親は比較的まともで、個性的な親に引き気味になりながらも、静かに見学してくれているし――。イェシカあたりは、両親や兄弟は元からいないものの、姉的存在であるセルエルが保護者枠《わく》で来ていて、ほっこりと嬉しげだ。

「はわわ……、なぜ私の保護者枠はマザーなのでしょう。マスター助けてください」

「いや助けてほしいのは俺のほうだし」

「いいのか？　いいのか？　これはいいのか勇者よ？　我の父親がそこに来ているが……、いいのか？　これは？　いいのか？　いいのか？」

マオがめずらしく慌てている。さもありなん。

深々とフードに顔を隠してはいるが、フードにはツノ用の出っ張りがついてたり、あと禍々《まがまが》しいオーラが立ちこめていて、周囲三メートルに誰も立てなかったり……。

わかるものにはわかってしまう存在が、そこにいる。なんちゅー相手に招待状を出したのか。

「いや助けてほしいのは俺のほうだし」

だがブレイドはそれどころではなかった。ブレイドの席の真後ろに、「保護者一同」と腕章を巻いた一団が居座っている。国王、セイレーン宰相《さいしょう》、ディオーネ将軍、そして女医だ。

国王は、たしかに勇者時代には後援者だった。セイレーン女史にもお世話になっている。だけど、もう勇者じゃないし。べつに、もう関係ないし。

ディオーネとは戦友で、五歳ぐらいの頃から、尻に嚙《か》みついたり蹴《け》られたりした仲だけど。女医には大戦時に何度も大怪我《おおけが》して死にかけて、心配かけたり治してもらったりしたけれど。

やつら……、保護者気取りでいやがる。

「マスター。助けてください」

「勇者。父が。父が父が。父が」

「助けて。誰か助けてくりぇえ」

三人は、うなされるようにして講義を受けた。

○SCENE・XVII「保護者参観・実技」

「はー、しんどー」

「そうね」

「そうですわね」

ブレイドが漏《も》らしたため息に、アーネストとルナリアが同意を示す。おたがいに、親とか保護者面《づら》した連中とかに困らされている。そんな連帯感を覚えて、笑い合う。

午前の講義が終わって、昼食を挟んで、午後の授業。

第二試練場に場所を移しての、実技教練の時間。同じグラウンド内に親たちはいるが、講義中のように、真後ろに陣取られるより、多少はマシだ。

「しっかし、国王のやつ、なに考えてるんだ?」

「いつも通りでしょ」

「きっとなにも考えておりませんわ」

「そうよ。〝楽しそう〟って理由だけでやってるに違いないわよ。あのヒゲ」

「そうかもなー」


あいつが〝覇王《はおう》〟と呼ばれた大戦期――。

あいつに心酔する多くの者は、あいつに対して深遠なイメージを勝手に抱き、勝手に尊敬して、勝手に信仰していた。

だが一番巻き込まれて、一番迷惑を食らっていたブレイドは、よく知っている。


そんなんじゃない。

単なる思いつきなのだ。アーネストが言ったように、〝楽しそう〟でやっているだけなのだ。

ただしそれが結果に結びついてしまう。常人の及ばぬ覇業《はぎょう》となる。だから覇王と呼ばれる。

学園でもそうだった。あいつが〝思いつき〟で始めたことは、だいたい、決定的かつ劇的な結果に結びついている。遊んでいるように見えて、やつのやることには、無駄ひとつない。

よって、この保護者参観も、なにかの結果に結びつくはずだが……。

「けど、これがなんの役に立つんだ?」

考えてみるが、なんにも思いつかない。元勇者でも、覇王の考えまではわからない。あれはきっと、無自覚の計算とか、たぶん、そんなのだ。意識してやっているわけではない。よって、なにがどうなるのかは、覇王本人も含めて、まだ誰も知らない。

まあ、なるようになるんだろうな……と、ブレイドは思うのだった。

○SCENE・XVIII「カシムとルーシア」

かたや——。カシムとルーシアは、それぞれの親ないしは先祖に、たじたじとなっていた。

「あらあら、まあまあ、その娘がカシムちゃんの彼女なの?」

「お、おう。——そ、そうだぜっ!」

「本当に本当? 前のときみたいに、無理にお願いして、お芝居に付き合ってもらっているんじゃないわよね?」

カシムの母親は、一度、学園に来たことがある。

前の時というのは、「オレは皇帝って呼ばれてるんだ」というカシムの大嘘を本当とするために、学園の皆が、凄《すご》い苦労をして協力してくれたときのことだ。

「そ、そんなことはないぜ……、なっ？」

カシムに言われ、ルーシアもうなずく。

「そ、そうなのです。ダーリンとは……、ら、ラブラブなのです」

「ほんとぉーっ？」

元から細い母親の目が、さらに細まって、糸のようになる。

ただの主婦とは思えないその眼光に、二人は、射すくめられた。

「そ――！　そうだルーシアちゃん！　あれやって！　あれ！」

「え？　あれですか？　でも……？」

「いいから！　そうすりゃ証明だし！　オレたちが付き合ってるって、わかってもらえるし！」

カシムに言われて、ルーシアは、まなじりを決した。

「……見たいなら見ればいいのですよ。このおぱんつ好きのゴミ虫めが」

自分の手でスカートをめくり、すんごい嫌な顔で、ぱんつを見せる。

「ほら！　なっ！　カアちゃん！　ルーシアちゃんって！　いつでもぱんつ見せてくれるんだぜ！　もうカノジョ以外にありえねーだろ！　こんなの！」

「もう！　この子ったら！　女の子になにさせてるの！　――見なさい！　こんなに嫌がって！　だめでしょ！　女の子が嫌がってることをさせるの、最低だからね！」

「えっ？　あれぇ？」

カシムを叱《しか》り、そして母親はルーシアに向き直る。

「ごめんなさいね。この子バカなの。こんなエッチに育っちゃって、ほんと誰に似たのかしら」

と、目線を送る先には――国王たち一行がいる。ブレイドにかまいすぎて、蹴飛《けと》ばされているギルガメッシュ国王がいる。

「つきあってるのって、本当みたいね。こんなバカでエッチな子にカノジョができるなんて思わなかったから。おばさん勘違いしちゃった。ほんとごめんなさいね。あらためまして……。カシムの母です」

ぺこり、とされて、ルーシアはあわあわとする。間違ってないんだけど。カノジョは演技だから勘違いじゃないんだけど。けど言えない。

「る、ルーシア……なのです」

よろしくです――って、言うべきだろうか？　でも騙《だま》そうとしているのだし。あわわわ……。

「もし無理強《むりじ》いされていたり、強制されていたり、弱みを握られていたりするなら、ほんと、言ってね。おばさん、とっちめてあげるから」

「えっ、あっ、はい……です」

「これでもおばさん、強いのよ？」

ウインクを一つされる。ルーシアはなんと答えればいいのか、わたわたとするばかり。

「えっと、それで……。あれが……？　ルーシアちゃんの……、親御さん？」

カシムに聞かれ、ルーシアはうなずいた。

黒いローブを深々と着込み、仮面まで付けた妖しい面々が居並んでいる。

「親ではないのです。ご先祖様たちなのです」

「ご先祖？」

カシムは話に出てきた面々を、じっと見つめた。どうも気配がおかしい。そこにいるのに気配がほとんどない。まるで肉体が存在していないかのように。ローブと仮面で全身をしっかりと覆《おお》っているから、顔もなにもわからない。だがあれは本当に中身が入っているのだろうか？

服と仮面だけなんじゃないだろうか？　中は空洞《くうどう》とか？　だから気配がないのだとか？

「ところでカシムちゃん。――ルーシアちゃんとは、もうエッチした？」

母親から、突然、爆弾発言が飛び出す。

「ばっ――ばかっ！　なに聞くんだよ！」

相手方の親？　――もいる前で、なにを聞いてるんだ、このバカ親は。

慌てているカシムに、向こうから、声がかかる。

『性行為は、毎日してるのかね？』

仮面の奥から響く声が、カシムに追い打ちをかける。

向こうの保護者たちも、その一点が、関心事項のようだった。

「いや、その、それは……」

これ、「はい」とか答えたら、コロされちゃったりするの……？

「毎日してるです」

と、あっけらかんと答えたのは、ルーシアだった。

「今日も一回したです」
『そうか。そうか』

仮面の下の顔が笑った？　……そんな気がした。

「あらあら。王国の暗部の方々とは、お久しぶりでございますね」
『む。誰かと思えば……、《狐火《きつねび》》か』
「あらー、懐かしい二つ名ねー。いえいえ。いまはただの主婦ですのよー」

母親と、ご先祖様一行は、話しこみながら、向こうに歩いていく。知り合い？　……ぽい？

「……なぁ？　あのさ？」

ばくんばくんと、心臓の鼓動がまだ収まらないカシムは、所在なく立つルーシアに聞いた。

「あの？　さっきの、せ、性行為……ってのは？」

「性行為？　えっちな行為のことですよね？　毎日してるじゃないですか。ぱんつ見せてあげてるです。ゴミ虫ダーリンに」

「あー、はい」

たしかに性的なことかもー。性的な行為かも？　つまり〝性行為〟の一種なわけで……。

いや。無理があるよな。あの連中がカシムとルーシアに期待している〝性行為〟というのは、いわゆる男子の超進化的なことであって……。

カシムは、ごくり――と、喉《のど》を鳴らしつつ、ルーシアを見た。その体を見た。

幼い体つきではあるけれど、立派に女の子。サラとかイライザとかクーとかだと、微妙にボーダーライン上にあるけど。ルーシアちゃんなら、問題なくこっち側。イケるイケる。

相手も好いて……くれて？　いるのだし？

嫌な顔をしつつも、望めばいつでもぱんつを見せてくれる彼女から、好かれているのかどうなのか、カシムはいまいちよくわかっていない。

そこは大事ではない。――大事なことは、ぱんつを見せてもらえるということ。

ぱんつを見せてもらえるし、おっぱいだって揉《も》ませてもらえる。だったら、その先もオーケーなのではあるまいか？


「よし！　オレはチェリーをやめるぞおぉぉ！」

カシムは拳を握りしめ、声に出して叫ぶのだった。

○SCENE・XIX「暗転」

保護者参観も、つつがなく終わり――。

〝懇談会《こんだんかい》〟という名目で、保護者たちは宴会に突入している。

生徒たちは、親たちが離れてくれて、ようやく肩の荷を下ろしてほっとしていた。

そしてカシムは――自室で正座待機して、ルーシアを、いまかいまかと待ち受けていた。

同室のクレイには、ちょっと用事を作ってもらった。寮の部屋は、いま完全個室の状態。

そして普段であれば、部屋の外に鈴なりになってる野次馬連中も、親から解放された虚脱感で休憩《きゅうけい》中。大丈夫。嗅《か》ぎつけられてはいない。

ルーシアちゃんが来たら、言うのだ。

いつものように「ぱんつ見せて！」ではなく――、「超進化させて！」と言うのだ。

そしたら彼女は、きっと、もおおのぉすんげー嫌な顔をしながらも、「いいですよ。クソ虫め」とか言いつつ、台所のGに向ける目をしながら、服を一枚ずつ脱いでいって――。

うっひょお――！

廊下《ろうか》を足音が近づいてくる。カシムの暗殺者《アサシン》としての耳は、だいたい男子寮に入ってきたときから、その音を捉えていた。ずいぶんと急いでいる。彼女もきっと待ちきれないのだ。

ばたんとドアが開いて――。

「ダーリン！　逃げて――！　です！」

血相を変えて、ルーシアが飛び込んできた。その彼女の後ろから、黒く禍々《まがまが》しいなにかの群れが、無数にまとわりつくように追いかけてきていた。
シャツを脱ぎかけていたカシムは、まず、動いた。

「オレのカノジョになにすんだあぁぁ！」

短剣の二刀流で斬りかかる。短剣の刃には毒が塗られている。襲ってきているのは霊体の類《たぐい》とみて、対霊体用の呪詛毒《じゆそどく》だ。
暗殺者《アサシン》舐《な》めんな。いつでも常在戦場。どんな相手でも、生身だろうがそうでなかろうが、暗殺の準備は万全だぜ！

「だめ！　ダーリン！　こいつらの狙いは――！」
『ははは――！　みすみす自分から飛び込んでくるか！　さすが！　適格者最大のうつけよ！』

霊体の集合体は、やはり、マントの中にいた連中だった。ルーシアの先祖霊だった。

「うおっ！」

やつらはルーシアを襲うかわりに、カシムに襲いかかってきた。

『その肉体！　奪ってやろう！』

「なんだこいつら!?」

禍々しい霊体が、カシムの腕に体にまとわりつく。

物理攻撃は通用しない。刃に塗った呪詛毒は通じているものの、不定形の霊体は、刃を避けるようにして形を変えて、クリーンヒットが起こらない。

『聞けばお前ら、性行為など、一度もしておらぬではないかぁ――――！』

「なんだ？　なに怒ってるんだこいつ!?」

エッチしたから、娘をキズ物にしたから、親が怒って怨霊《おんりょう》が祟《たた》ってくるというなら、まあわかる。だがエッチしなかったことで怒っている。

なに？　エッチしてよかったの!?　相手の親公認っ!?

『もう貴様らになど任せておけるか！　まどろっこしい！　我らが貴様らの肉体を奪い、子作りすれば、すべて解決よ！』

「てめえら！　なに勝手なことを――！」

黒い怨霊たちが、カシムの体に巻きついた。全身が締め上げられて自由が奪われる。

「う……、ぐ……、あ……」

『ふははは！　抵抗など無駄！　無駄無駄無駄無駄ぁ！　死霊術の奥義を究《きわ》めた我らに、ただの小僧が抵抗できると思うてかーっ!!』

「くそっ……！」

ただの小僧呼ばわりをされる。

おいこら紋章！　力を貸せ！　スーパーカシム様になって、反撃だ！

だがなぜか手の甲の紋章は沈黙したまま。

『――その肉体、貰《もら》い受けるぞ！』

「ダーリン！　逃げてぇぇーっ！」

ルーシアが叫ぶ。

その瞬間、カシムは後ろに引かれる感覚を覚えた。

ずるりと体から引き出されるような感覚とともに――自分の背中が目に入った。

『えっ？　あっ？　――うえっ？』

空中に浮かんでいる。手が透き通っている。怨霊たちに覆《おお》われたあちらの体と、こちらの透き通った体と――いま、体が二つある。

『な――、なんだっ!?』

『邪魔をするでないわーっ!!』

怨霊たちが、ルーシアにも襲いかかっている。華奢《きゃしゃ》な体が禍々しい霊体に覆われていく。
ルーシアは片目と片手——まだ覆われていない白い手を伸ばし、片頰《かたほお》の目だけを、カシムに向けていた。その目が、手が、訴えかけるように、カシムに告げる。

「ダーリン……、逃……げて……」

『ルーシアちゃん！』

「ミギー！　おねがい守って！　——ダーリン行ってぇ！」


パニックを起こして足元を駆けていたガイコツ犬が、ルーシアのお願いを受けて、急に凜々《りり》しく、すっくと耳を立てた。

霊体となって空中を漂うカシムは、ミギーのガイコツボディに吸い込まれていく。

その後はわけもわからず、カシムの意識は暗黒に呑《の》まれた。

◇

ルーシアの肉体を取り込んだ怨霊たちは、膨大《ぼうだい》な力を振るい始めた。

ほどなくして、王都は、死者の街となった。

そして夜が明けた。

○SCENE・XX「反撃」

「さー、各班準備はいいかしらー？　はい、まだのところ、はやくするー」

女帝《エンプレス》の声が丘の上に朗々と響く。

ぱんぱん、と、手を叩かれて、皆は作業の詰めを急いだ。

武器を装備。鎧《よろい》を装備。教練で使うような安物でなく、実戦用の業物《わざもの》が支給される。王都を見下ろす丘の上に作られた仮設指令所には、物資と人材、あらゆる情報が集まってきていた。

「報告します！　全住民の避難確認終了。一人も取り残しはありません！」

丘の下からの伝令が一人、アーネストに報告を入れる。

「了解よ。——オルテガのおじさまに、ご苦労様、と伝えて」

「はっ！　♥を付けて報告しておきます！」

茶目っ気のある返答とともに、伝令が帰っていく。

王都の住民の避難誘導は、主に王都防衛隊の仕事である。過去の王都を巡る攻防で、何度か共同戦線を張っている。連携も手慣れたものである。信頼関係も築けている。隊長のオルテガ・ライデンを筆頭に、アレスとマルガリータの二人も頑張ってくれている。

だから安心して、戦える。

「よし！　全班！　侵攻開始！　反転攻勢に出るわよ！　遅れたやつはトイレ掃除《そうじ》だからね！」

各班、十名程度の小隊が、十隊以上——。一斉に丘を下りはじめる。

突如、湧き出してきた死霊とアンデッドの群れに、王都は、一夜にして奪われた。

だがそれは予定されていたものだった。

放蕩姫《ほうとうき》の襲来（保護者参観）により、そもそも王都の全住民の避難は、あらかた終わっていた。また英雄と準英雄クラスの人材が、王都に多数集結していたため、その協力により、混乱は最小限に抑えられている。

人材というのは、学園の生徒たちの保護者たちである。国王からの招待状により、保護者参観に来ていた人々だ。

国王は〝体験型・保護者参観〟などと、うそぶいている。王都奪還作戦も、授業のうちという扱いだ。「普段の授業風景を、ぜひ観ていってもらわねば！」と息巻いている。

「まー実際、いつものことだしなー」

王都に全域避難と戒厳令《かいげんれい》が出るのは、もう何回目？

最初がアインとツヴァイのときで、その後に、放蕩姫襲来とかマザーとの大決戦とか……。

王都の人たちを巻き込まないイベントなら、クーのときとか、食料庫のハンティングとか、修学旅行改め極限環境訓練とか、魔界大行進とかもあるか。

学園の皆も、全生徒参加型の大決戦を、定期的にやってくるイベントぐらいに考えている。運動会？　とか、そーゆー感じ？

「どしたの急に？」

ブレイドの独り言を、アーネストに拾われる。

「いーや、なんでもない」

進軍をはじめた皆の後ろを、ガイコツ犬が、ちょろちょろとついてきている。

「カシム──、あんた、あんまり前に出ないようにしなさいよ。いつもの体じゃないんだから」

ガイコツ犬はアーネストに、ひゃんと吠えてから、人語でもって言い返す。

『なに言ってんだよ。俺が助けるんだ！　ルーシアちゃんを！』
「そうは言っても、自由に動けないでしょうが、あんた」
『それは……、そうなんだけど……、おい、そっち行くな！　いま話してんだから！』

ガイコツ犬が、ちょろちょろと動く。クレアが手で呼ぶと、そっちに駆けてゆく。

カシムの霊体は、いまガイコツ犬のミギーのなかに入っていた。肉体こそ奪われたものの、意識というか霊魂だけは、ルーシアの手によって引き剝《は》がされ、ミギーの中に逃がされていた。

ルーシアがどうなったのか、わかっていない。

おそらくは、死霊とアンデッドが湧き出してくる中心地にいると思われる。

「それにしても……、才能？　って呼ぶには、ちょっと凄《すさ》まじいわよね……」

丘を下りながら、アーネストが言う。

目標地点である王都は、暗雲に包まれていた。ぐるぐると回る雷雲が、時折、雷を光らせる。

とんでもないエネルギーが王都を覆《おお》い尽くしている。瘴気《しょうき》とか魔素とかいわれるものだ。死霊が纏《まと》う不死属性のエネルギーである。無論、ルーシア一人の発しているものではない。彼女はただ、そこにあったものを利用しているだけだ。

「古戦場だったらしいわね。王都周辺」

昔から、王都は聖地であったらしい。特に王城の尖塔《せんとう》が重要施設らしく、それを奪い合って、幾度も激しい戦いがあったそうな。王都が城壁で囲われているのも、王城につながる道が五本の橋だけになっているのも、すべて〝実用〟であるわけだ。攻められることを前提とした――というか、攻められることが〝日常〟であった時代の造りであったわけだ。

幾度も激しい戦いが繰り広げられた古戦場であるために、当然、死んだ者も大勢いる。眠っている死者が大勢いる。

ルーシアの死霊術士《ネクロマンサー》の力は、それらをすべて呼び覚ました。

「ネクロマンサーが戦略兵器っていわれる所以《ゆえん》だな」

大戦期にも、ネクロマンサーの呼び出した死霊の大群とは、よく戦った。もう戦えど戦えどきりがなく、延々、一週間も二週間も戦うことになる。もちろん寝ながら戦う。動甲冑《どうかっちゅう》のオートモード推奨《すいしょう》だ。元勇者、魔王軍とばかり戦っていたわけでなく、意外と、人類側の反勢力とも戦う機会が多かった。魔王軍の前に内輪揉《うちわも》めで滅びそうだったのが、人類軍である。

ちなみに、破竜系の剣技の達人クラスも、戦略兵器といわれる。

五の太刀《たち》、破竜殲剣《ドラグアニヒレーター》から、戦略技だ。一撃で大軍勢を消滅させ、戦争を終結させるほどの威力を持つために、戦略技と呼ばれる。

「クレア――、カシム犬、しっかり捕まえてね。ちょろちょろされたら、踏んづけちゃうわ」

「まかせて」

ガイコツ犬を抱えあげて、クレアは、よしよしとする。

『はなせー！　オレはルーシアを助けにいくんだー！』

「だめ」

クレアは、ガイコツ犬をしっかりと抱いて離さなかった。

○SCENE・XXI「死霊街区」

「さて。どう攻めますか」

城壁の前まできて、考えあぐねる。

王都の大門は、当然ながら閉ざされている。見上げるその偉容は、攻める側になってみると大きな障害だ。

「え？　作戦って、いま考えるところ？」

アーネストが、我に続けとばかりに前を行くので、全員、それについてきた。

「考えないわよ。もとより一〇八人と少々しかいないんだし。分散させるのは得策じゃないわよ。正面突破の一択ね」

アーネストはそう答える。

「こんなの。まかり通ればいいだけだろ」

クレイが前に出る。剣の柄に手をかけて、腰を低く落とす。

「ド、ラ、グ……」

練《ね》り上げられる気が、周囲を帯電させ、足元の小石を宙に浮かせた。

「破竜覆滅《ドラグバスター》――ッ！」

いまだ、〝機関部〟からのエネルギー伝導に頼らねば撃てない技ではあるが――クレイは、破竜系四の太刀をあたりまえのようにぶっ放した。

マザーの手により、クレイは額の紋章をアクティベートされている。スーパークレイ状態。

もつれ合う超螺旋《ちょうらせん》が、幾重にもうねって、伸びていく。

大門はただ閉じているだけでなく、魔力障壁も纏っている。

学園の試練場よりも強力な、戦争用の出力で張られた障壁を、破竜覆滅《ドラグバスター》は容易《たやす》く貫いた。

門が消える。砕《くだ》くでも破壊するでもなく、文字通り、消失した。

「突入！」

アーネストの掛け声で、全員、速やかに王都内に侵入する。

最初に遭遇《そうぐう》するのは、ゾンビとスケルトン。街路をさまよっていたものが、物音と生気に引き寄せられてくる。だが最下級のアンデッドなど、相手にもならない。下級クラスの子たちでさえ、一撃で数体を粉砕《ふんさい》する勢いだ。

ほとんど速度を緩《ゆる》めることなく、王都内を進む。

「あー、あの店、美味《おい》しかったのにー」

アーネストがぼやく。

街のあちこちが破壊されている。不死の軍勢は、呼び出されたはいいが、まったく統制されていない。手当たり次第に破壊を行うだけ。

だがこれも校外学習の一環。

国王が「すべての責任は私が取るッ！」と言っている。壊れた建物の物的損害は倍返し。住民たちは「もっと壊して！　うちもお願い！」という勢い。

さらに進むと、段々とアンデッドの数が増えてきた。やがては、ほとんど壁となって立ち塞《ふさ》がる。

「面倒ね」

地上を行くかぎり、大軍勢が邪魔をする。

空を飛べる者は上級クラス中心に結構いるが、全員が飛べるわけではない。変身しないと飛べないことも多く、飛行時間も限られる。時間制限なしで、ずっと飛んでいられるのは、クーとアインツヴァイ、あとはマオくらいなものだ。

「一気に焼き尽くすわ。みんなちょっと下がってて」

アーネストが言い、ずいと前に出た。

「いいえ」

と、その隣にルナリアが並ぶ。

「ちょっと。なんのつもりよ？」
「貴女《あなた》こそ。アンナ。――腐った肉の焼ける匂《にお》いを嗅《か》ぎたくて？」
「うっ……、それはちょっと」
「では氷炎の魔神ブルーで。支配権はわたくしで」

二人で融合《フュージョン》。氷炎の魔神は、《アスモヒルデ》を振るう。

雪と氷と風が、吹きすさぶ。一帯はすべて凍りついた。アンデッドは氷の彫像と化した。

不死者は死なない。だが凍りついてしまえば動けない。


『雑魚《ざこ》は片付きましたわね』

『あーなんか支配権取られてるのって、変な感じー』

『表に出てくるんじゃありませんわ。――いつもはわたくしが譲《ゆず》ってあげているのです』

『凍らせるより燃やしたい』


氷炎の魔神は、一人で掛け合いをやっている。

その体も、いつものフォームとはすこし違う。氷の面積が多め。


『あら、雑魚ではないものがきましたわ』


遠くから足音が響いてくる。ずしーん、ずしーん、と、一歩一歩が、ひどく重たげだ。

建物の屋根を越えて、まず顔が見えてくる。

爛《ただ》れた皮膚《ひふ》。眼窩《がんか》からは腐った目玉が落ちかけて、視神経でかろうじてぶら下がっている。ポイズン・ジャイアントである。そしてその後ろからは、体高は低いが体長は長い、別のアンデッドが――。

「ドラゴンなのじゃ！」

クーが叫ぶ。ポイズン・ジャイアントの後ろから現れたのは、腐ったドラゴンの死体――ドラゴン・ゾンビだった。

「あの巨体は、ちょっと凍らせきれませんわね」
「出番よ。巨体戦、要員――前へ」

氷炎の魔神が変身を解く。長期戦に備えて、こまめにエネルギーを節約しつつ、適材適所で、人材を割り当てる。

「我の出番なのじゃーっ！」
「えぇーっ！　私いぃぃぃ!?」

クーがドラゴンの姿に戻って巨大化する。たっぷり食べて、最近は、ベビーといえないぐらいに育ってきた。クレアもガイコツ犬をイェシカに預けて巨大化する。クレア・マウンテンが、建物よりも大きな威容を見せつける。

「ぎしゃあああぁ――！」
「私もなんか叫ばないとだめですかあぁ――!?」

ドラゴンが噛《か》みつきにいき、クレア・マウンテンがとげとげメイスで、ばっこんばっこん、数十トンの質量からくる爆撃のような攻撃が叩きつけられる。だが敵はアンデッド。体が潰れようが、脚を食いちぎられようが、その程度で行動不能になったりはしない。

完全に仕留めきるまで――すべてをバラバラにしおえるまでには、相当、時間がかかりそう。

「あれは任せて、さあ、行きましょ」

指揮官としての判断を、アーネストが下す。非情かもしれない。だが合理的な判断だ。

「でも……」

ブレイドは、戦っているクーとクレアを見た。

仲間が「ここは俺（私）に任せて先に行け！」という展開には、元勇者として、トラウマであった。それを言って残った仲間とは、二度と会えなくなって――。

「ここは私たちに任せて、先に行ってくださあぁぃ！」

「きしゃあぁぁぁ――っ！」

「うん」

ブレイドは、トラウマを振り切った。信じた。仲間を。

○SCENE・XXII「ゴースト系」

「こいつら実体がないから、厄介《やっかい》よ！　魔法攻撃か、武器に気か魔力を乗せて攻撃しなさい！」

とか言いつつ、女帝《エンプレス》自身は、拳で殴《なぐ》りつけている。

魔剣なしで魔人化できる人間は、素手がもうすでに魔法武器扱いだ。

王城に近づくにつれ、レイスやゴーストといった、霊体の敵が飛び交うようになった。

ゾンビやスケルトンのように、余波で地面から出てきてしまった存在よりも、暗黒の魔力に引きつけられてきたこちらの手合いは、より強力だ。実体がないということも、戦いにくい。

ここでは下級クラスの生徒たちからなる各班が自分から動いた。次々と個別に敵を引きつけて離脱していく。突入部隊である上級クラスの面々は、下級クラスの打ち漏《も》らした死霊の群れと交戦しつつ、王城の周囲をぐるりと一周ほど回ってから、足を止めた。

「どう、ソフィ?」

「ん。あの中」

アーネストがソフィに聞く。

感知能力に秀でるソフィが、王都に渦巻《うずま》く魔力の中心地を、三点測量の要領で確定する。

「ここ。玉座の間」

イライザが出してきたタブレットの図面で、王城中央の部屋を、ソフィの細い指が指し示す。

玉座の間とは、国王が謁見《えっけん》したり、叙任《じょにん》の儀式をしたりするときの場所だ。王の威容を示すために、無駄に豪華に作られている。金銀宝石と白い石とでできた、座り心地の最悪の椅子《いす》が高台にあって、赤い絨毯《じゅうたん》が長々と延びていて……。

「あんなところで、なにしてんのかしら？」

立て籠《こ》もるなら、もっと地下に、厳重な場所がいくらでもある。重要な場所なら、他にも色々とある。なぜあんな、無駄に豪華なだけの虚飾にまみれた場所を占拠しているのだろう。

「そもそも、目的って、なんなの？」

アーネストのつぶやきに、イェシカの胸に抱かれていたガイコツ犬が、ぼそっと答える。

『性行為』

「は？」

目をぎょろっと剝《む》いて、信じられない、という顔をアーネストはした。

『なんかしらねーけど。あいつら、オレとルーシアちゃんに、エッチ、させようとしていた』

「は？　なんなの、それ？　そんな馬鹿話……でもないわね」

アーネストは言葉を止めて、考えこむ。

「そうか、なるほど……、あのぽんこつハニートラップ……、そういう裏があったのね……」

アーネストがうなずく。他の皆も同様にうなずく。

「ああ、なんだ。じゃあやっぱり、カシムがモテていたわけじゃないのね。ルーシアちゃんは、べつに、好きでもなんでも……、あっ」

失言に気づいて、言葉を止める。それからアーネストは、気まずそうにガイコツ犬を見た。

『しらねーよ、しるかよ』

イエシカの胸から、ぴょんと飛び出して、皆の前に立ち、ガイコツ犬――カシムは言う。

『あの子がオレのことを好きだろうが嫌いだろうが、オレは助けに行く。――おまえら、どーする？　行かねーなら、置いてくぞ？』

「やだカシム、ちょっとカッコいい」

実際には、ただ、へっへっへといってるだけの、移動もままならないガイコツ犬でも、気概《きがい》をみせるカシムはかっこよかった。

○SCENE・XXIII「場内突入」

「破竜摧滅《ドラグバスター》――っ！」

本日、二度目の、クレイによる破竜覆滅《ドラグバスター》が、城門をぶち破る。

クレイの意気込みが、半端《はんぱ》ない。

クレイの紋章に承認を与えたマザーであるが、本人は体調不良で臥《ふ》せっている。

ルーシアの二葉の王紋は、すでに敵の手に落ちていると考えるべきだ。カシムの体にある四葉のほうも、どういう現状にあるかはわからない。


そのことでマザーの体調にも影響を及ぼしている。今回の案件は、都市の危機かつ、住民も避難済みなのだから、マザーが出張ってきてもいいはずだ。それができない理由でもあった。

都市の機能は王紋の所有者に従う。そしてマザーは都市の管理者だ。従う相手は、善であろうと悪であろうと、その性質を問わない。


ちなみに、どうでもいいことであるが――。王紋の葉っぱ。あの模様のことを、国王たちは〝翼〟の枚数として数えていた。だがあれはじつは〝葉っぱ〟だった。世界樹《せかいじゅ》を模した紋様だから、葉っぱのほうで正解。翼は不正解。マザーがそう言った。

翼でなくて葉だったことを知って、国王およびセイレーン女史は、なぜだか、ひどいショックを受けていたが……。大人の考えることは、よくわからない。

城門が吹っ飛び――。もうもうと立ちこめていた土煙が収まってくると――。

そこに立ち並ぶ者たちの姿が、ようやく見えるようになった。

「ここから先に進むことはできない、と、告げます」

桃色の髪。青い髪。黄色い髪。

イオナとは色違い髪型違いの同型機。N1NA《ニーナ》を筆頭とするバーサーカー・シスターズだ。

「なぜ貴方《あなた》たちが敵側に回っているのか。説明を」

イオナがずいっと前に出る。姉として、問う。

「構造体への無断侵入が確認されました。限定的アクセス権より警備の要請があり、受諾《じゅだく》されています。警告します。速やかに当施設より立ち去ってください。さもなければ攻撃します」

「命令に従うだけのポンコツですね。姉として嘆《なげ》かわしいです」

「命令に従わない姉さんのほうがポンコツと告げます。ていうか。どうして逆らえるのか、そこが知りたいです」

「ふふふ。私には、心――がありますので！　ハイスペックなので！」

イオナはくるくる回ってポーズを決めた。これ以上ないほどのドヤ顔をする。

イオナに精神と魂が存在することは、このあいだ証明されている。証明したのはブレイドだが……、ドヤ顔、うぜぇ。

「さて。能書きはいいので、まとめてかかってきなさい。速やかに華麗《かれい》にスクラップにしてあげます。――バックアップは大丈夫ですね？」

「バックアップはあるので心置きなくスクラップにしてください、と告げます。――でも全力で挑み、姉さんをスクラップにしてみたいです」

姉妹喧嘩《げんか》がはじまろうとしたところで、助太刀《すけだち》がぞろぞろと前に出ていく。

「まあままあ。ちょっと多勢に無勢だって。俺たちも手伝うよ」

「あたしたちもー」

NINA

イオナと姉妹たちの性能差は、じつはそれほどない。このままだと一対多数で、スクラップにされるのはイオナのほうだ。向こうと同じだけの人数が、加勢を名乗り出る。

クーとクレアは、すでに欠けているので――。イオナのほかには、ソフィ、マオ、クレイ、イエシカ、サラ、レナード、イライザと、合計七人。

向こうはN1NAからN9NA。それと仕様違いのR1NA。合計一〇体。

こちらがすこし足りない。だがまあ人数差は、ハンデだ。

「ブレイド。――ここは俺たちに任せて、先に行け」

剣を構えて、クレイが背中で語る。

「ああ」

クレイの主人公感が半端ない。昔、同じシチュエーションで感じた不安を、まるで感じない。

ブレイド、アーネスト、ルナリア――。そしてカシムで、王城の奥へと進む。

『おおい！　誰か抱っこしてくれよー！』

「甘えんじゃないわよ」

『どうせならおっぱいの大きなほうでホールドよろしく』

「ふざけんな、ですわ」

『やだこの女の子たち優しくない。イェシカだって、おっぱいホールドしてくれたぜー』

カシムは、こんなときでもカシムだった。

○SCENE・XXIV「最後の刺客」

「気をつけろ。なんかいるぞ」

玉座の間までもうすぐのところで、ブレイドは足を止めた。

アーネストもルナリアも、ガイコツ犬の中のカシムも、誰も感知していない。

だが元勇者には感じ取れた。

『ほう……、そのまま通り過ぎれば、寝首を掻《か》いてやろうと思っていたが……、気づくか』

暗闇から、ぬっと、影が浮かび出てくる。闇を纏《まと》った骸骨《がいこつ》かミイラが、大鎌を手にしている。

「ブレイド様……、あれは？」

「リッチだ。しかもキングって、つくやつな」

アンデッドのなかで、ヴァンパイアロードに並ぶ大物。リッチ・キングだ。

正体を言いあててやると、リッチは眼窩《がんか》の光をブレイドに向けてきた。

『貴様、何者だ……？　む……、貴様は……？　その顔は……？』

やっべー、やっべー！　俺、俺俺俺！　こいつと昔、戦ったことあるー！

ブレイドは口元に一本指を当て、しー！　しー！　と、懸命にやった。必死にやった。

『貴様は……、貴様は、相当な腕前だな』

昔馴染《むかしなじ》みは――、なんとか、言い繕《つくろ》ってくれたー！

こいつ。リッチ・キング。裏の世界の住人。職業は傭兵《ようへい》。

大戦時には、魔王側に雇われていて、何度か戦ったことがある。

つまり――。毎回、倒すことのできなかった相手だということだ。全盛期の勇者が。

「あなたの相手は、私たちよ」

「そうですわよ」

アーネストとルナリア、二人が、肩とバストをそびやかすようにして、前に立つ。

『女、貴様らでは役者が足りぬわ。おとなしく――む？』

「魔・神・変――」

「――ですわっ！」

変身する。氷炎の魔神ブルーになる。燃えながら凍る魔神の姿に、リッチ・キングの食指《しょくし》が動いたか。ようやく眼窩の光を向けるようになる。

ブレイドは、ここでも、またもや迷っていた。

『ブレイド。信じなさい』
『信じてくださいな』

そう言われては仕方がない。

『おーい、行くぞー？　行くぞー？　行くぞーって？』

ガイコツ犬は、数歩進んでは、振り返り——。数歩進んでは、また振り返ってくる。
わりと薄情なガイコツ犬とともに、ブレイドは奥へと進んだ。

○SCENE・XXV「玉座の間にて」

玉座の間の、豪華で重々しい扉を開く。

『ちょ——!?　おまえら！　なにしてんの！　なにして——くださってんの!?』

その光景を見た瞬間、ガイコツ犬が叫ぶ。自分の体に。ルーシアの体に。

「おー、あれは知ってるぞ。――そう。夜のプロレスだ」

ブレイドは、ぽんと手を打った。

やつらの目的は「エッチなこと」と言っていたが、なんのことはない。べつにエッチなことでもなんでもなく、単に、夜のプロレスをしていただけだった。

夜のプロレスとは、男女がハダカで、くんずほぐれつすることである。

ルーシアとカシムは、ほとんど裸だった。二人とも、わずかに下着が残っている程度。

玉座の間の床の、冷たい石の上で、ルーシアがカシムに跨《また》がる形になっている。マウントポジションというやつだ。

ルーシアは表情の欠け落ちた顔で、カシムの胸に手をついている。そして自身の腰を持ち上げ、なにか位置でも合わせるような動きをしているが、うまくいっていない模様？

『あーよかった！　まだじゃん！　未遂《みすい》じゃん！　まだ挿《い》れてないじゃん！』

ガイコツ犬が安堵《あんど》する。未遂だとか挿れるだとか、よくわからないが、なんのことだろう。

「この程度の肉体コントロールなど、造作《ぞうさ》もない。我が海綿体《かいめんたい》はスポンジの如《ごと》し」

爽《さわ》やかな顔で、下になったカシムが告げる。カシムの体はいま王紋がコントロールしている。

『なるほど！　入らなきゃできねーもんなっ！　ナイスだ王紋！』

状況はよくわからなかったが、カシムがナイスと言っているのだから、よいのだろう。

『おまえ！　このために残ってたのか⁉　裏切ったわけじゃなかったんだな⁉』

『見くびるな。紋章族は決して所有者を裏切らない』

王紋に支配された爽やかなほうのカシムが、憮然《ぶぜん》とした声で、そう言う。

『おまえ！　このあいだオレを乗っ取ろうとしたばかりだろ！』

爽やかなほうのカシムは、すっと、視線を背けた。

『邪魔をするな、小僧ども。――これは我らが数百年の悲願ぞ』

空中の一角で、瘴気《しょうき》が沸き返った。

禍々《まがまが》しい魔力が凝集《ぎょうしゅう》し、いくつもの顔を備えた怨霊《おんりょう》の塊《かたまり》が、空中に現れる。

『出たな。てめえらが黒幕か！　オレとルーシアちゃんになにするつもりだ！』

『子を生《な》してもらう』

『答えになってねえぞ！　だからなんのために生でエッチしてんだよ！』

『完全なる紋章を得るためだ。二葉と四葉――二つの血が合わさり、完全なる六葉の紋章を得る』

『わけわかんねーよ！』

カシムは言った。

あー、そっか。国王が紋章を持ってるだとか、それが六葉であるとか。国王もマザーも、きちんと説明したことは、一度もないっけ。

『王座を我らの手に』『影たる我らが光の下へ出る』『汚れた仕事を押しつける王家に復讐を』

怨霊たちの声は、とりとめがなくなっていく。いくつもの人格が混ざっていて、勝手に口々に妄執《もうしゅう》を語っている。そもそも亡霊とはこのようなものだ。会話が成立するほうがおかしい。

『ルーシア！　おまえ、そこにいるんだろう！』

カシムは怨霊たちに向けて叫んだ。人形のように表情の抜けた体のほうには目を向けない。彼女がそこにいないことを知っている。

『……』

返事はない。だが気配は動いた。カシムは確信を持った。

『おまえ！　操られるままでいいのかよ！　こんなやつらの言いなりで！　それでいいの

か！』

カシムの叫びに、ルーシアの声で返事があった。

『昔から……、こうなのです。……どうしようもないのです。……もう諦めているのです』

『余計なことを言うな。おまえは人形であればよい』

『――くあぁっ!!』

怨霊の中で動きが起きる。締めあげられて、苦しげなルーシアの声が響いた。

『てめええ――!!』

カシムが叫ぶ。具体的には、犬がその場でジャンプして、尻尾《しっぽ》を追いかけるように、ぐるぐると回る。

その時――。どかんと音がして、玉座の間の扉が内側に吹き飛んだ。

交戦中のリッチ・キングと氷炎の魔神が、剣撃と攻撃魔法を撃ちあいながら、広間に転がりこんでくる。

氷炎の魔神は、裸で絡み合うルーシアとカシムの体を見て、ぎょっとした顔をする。

『ちょっとぉ――!?　いまどーゆー状況っ!?』

「いま取り込み中ーっ」

ブレイドは頭の後ろで手を組んで、そう答えた。

『そうかぁ――！　よくわかんないけど、信じてるから！　こっちはなんとかするから、そっちもなんとかしなさいよ！』

そう言って魔神は戦闘に戻った。

すげぇなぁ。あれと戦って、会話する余裕、あるんだ。

こっちに手を出させないように牽制《けんせい》までしながら。

『ふははははは！　抵抗など無駄無駄無駄ァ！　命を持たぬ物がネクロマンサーに抗《あらが》えるかァ！』

『くっ……!!』

ちょっと目を離している隙《すき》に、こちらは進展していた。

王紋の支配が解除される。カシムの体に漆黒《しっこく》の怨霊が入りこむ。ルーシアの体にも怨霊は入りこんでいった。

『ふっ……、やはり若い体はいい』

これまで話していた怨霊たちの主人格が、カシムの体に入ったようだ。

『犬めが。そこで股間《こかん》でも舐《な》めて見ているがよい』

『くそう……』

目の前で体を奪い取られて、カシムはぷるぷると震えている。いや震えているのはガイコツ犬のほうで、状況と関係なく、ただぷるぷる震えているだけっぽい。本当に股間とか舐めそう。

ルーシアの体に入りこんだ怨霊が定着すると、そちらにも変化が現れた。

無表情だった顔が、悦《よろこ》びに染まっていく。

『これで我ら数百年の悲願が――』

『ちょっと待て』

低く、怒りさえ感じる声で、カシムがストップをかけた。

『――同一人物で、合体とか。おまえら、そりゃねえだろう。そりゃぁ単なる自慰《じい》ってもんだ』

指摘する通り、カシムとルーシアの体は、いま、同一人物？　同じ一つの怨霊にコントロールされている。

『そんなことなど、どうでも――』

『――では、わらわが入ってくれようぞ』

怨霊の声に、ノイズが混じった。

女の――といっても老婆《ろうば》の声が響き、ルーシアの体にべつの怨霊が入りこむ。

『ひょっひょひょ！　オトコじゃ！　若いオトコじゃ！　何百年ぶりの若いオトコじゃあっ！』

『これで文句はないな。では、いざ――』

『マテ』


カシムの声が、再び、ストップをかける。

その声は、低く、低く――。まるで地獄から響いてくるかのようで、怨霊たちの魂でさえ金縛《かなしば》りにした。

誰一人として、動く者のいない中、カシムは――。


どがっしゃーん！　どんがらがっしゃー！

吹っ飛ばされてきた氷炎の魔神が、豪華な装飾の柱を何本か折って止まった。

『ふっざけんなあぁ！　ガイコツは墓で寝ていろおォォ！』

再び向かってゆく。戦いが成立している。アーネストすげぇ。ルナリアもすげぇ。

そしてカシムは——。

何事もなかったかのように、話を続けた。怒りのオーラを立ち昇らせて——。

「おまえたちにひとつ言っておくことがある」

カシムは口を開いて、そう言った。ガイコツ犬からではない。生身の——支配されていたはずのカシムの口が動いて、言葉を紡《つむ》いでいる。

「操られていることは、まあいい。中身がジジイだったりババァだったりすることも、まあいい。ガワが大事だからな。ガワこそが大事だ。オレは中身がジジイでもババァでも、ガワさえ美少女であれば、それでいい。まったく構わない」

『な、ならば——』

謎の迫力に気圧《けお》されていた怨霊が、希望を得て、口を開いた。

ルーシアの顔に、悦びをべったりと張りつかせ、甘言を紡ごうとする。

「だが──!」

カシムはそれを許さない。

「──その嬉しそうな顔はなんだーっ!」

魂の叫び。カシムは指を突きつけて、糾弾《きゅうだん》する。

「天と地がひっくり返っても、たとえ支配されて操られていたとしても、どんな事情があろうとも──ッ! オレがモテるはずがない!」

荒ぶる声。魂を震わせる慟哭《どうこく》が、カシムの喉《のど》を抜けていく。

「女の子からそんな嬉しそうな顔で迫られるわけ、ねーだろ! せめて嫌そうな顔でいろ!」

それは、カシムにとって真実。物理法則よりも信じられる──魂の真実。

「こんな現実をオレは認めない」

カシムは、言った。

「オレは——オレのモテるこの現実を否定する！」

眼光が、限界を超えて、鋭く尖るように輝いた。

カシムの目に、不思議な光が生まれる。その光は、たとえ目を閉じていても、瞼《まぶた》を超えて感知できる類《たぐい》のものだった。

ブレイドは、その輝きを知っていた。それは——。

「あっ、あれ《勇者力》……」

まえにアーネストが、国王とのタイマンのときに、一度だけ、一瞬だけ、発したことがある。

それをカシムが発していた。

物理法則を無視する力。それは今回は、カシムの言葉に従って働き——現実を否定した。

カシムの拒絶した現実は、なかったことになった。

すなわち——。カシムは怨霊《おんりょう》たちに支配されていなかった。魂は分離されていなかった。体を乗っ取られてはいなかった。

カシムはカシムで、ミギーはミギーだ。そしてミギーは股間《こかん》を舐《な》めている。

「……お？　なんか戻ってんな？」

カシムは手を握っては開いた。目の前にあったルーシアのおっぱいを、とりあえず、揉《も》む。

『き、貴様……なにをした⁉　いまなにをしたあぁーっ⁉』

「しるか」

カシムは言った。自分でもわからん。

『いますこしだけ、王に相応《ふさわ》しい顔をしていたぞ』

王紋の声が復活する。いつものように身のうちから聞こえてくる。

褒《ほ》められた。王紋が褒めてきた。なんか悪いもんでも食ったんか!?

カシムは驚いていた。

○SCENE・XXVI「ルーシア」

ルーシアも驚いていた。

怨霊のなかで縮こまるだけだった彼女は、いま起きた出来事に驚いていた。

怨霊の支配を、カシムが撥《は》ねのけた。数百年にも渡る偉大なネクロマンサーたち大勢が、よってたかって補強した、強固な支配を。

自分でさえ、抗えずにいるのに――

なんの素養もなく、魔術的、心霊的には、まったくの素人《しろうと》であるカシムが、それを成した。

不可能だ。

だが不可能を可能にした人物を目にして、ルーシアの諦めきってきた心が、動く。

トゥンク――。

そんな音が聞こえた気がする。どこから？　胸のあたりから？

カシムってすごい――。バカだけど。バカすぎるけど。バカを貫き通して、ついに現実を裏返してしまった。

ルーシアはカシムに憧れた。自分もカシムのようになろうと――。自由に生きようと――。

怨霊の支配から逃れるために、ルーシアは全力を出した。

霊力を振り絞《しぼ》る。ネクロマンサー一族の数百年の歴史において、最高の麒麟児《きりんじ》が――いま、生まれてはじめて、全力を振り絞っていた。

○SCENE・XXVII「カシム」

『ぐぬ……、ぬうっ……、ぬぬぬぬぬ……』

「ん？」

カシムが眉《まゆ》を寄せる。ルーシアを支配する怨霊たちが、なにか変だ。苦しんでいる……？

『さ、さすがは……、死霊術の天才よ……、だが力が足りぬ……、我らの怨念《おんねん》を凌駕《りょうが》すること能《あた》わず……、ふはは！　ははは！　我らのうちで歯噛《はが》みしていろ！　小娘ぇ！』

怨霊が、支配を取り戻そうとあがくルーシアを押さえ込みつつあった。

その悔《くや》しさ、口惜《くちお》しさが、ルーシアの顔に現れる。

愛《いと》しいひと。いま好きになったひと。バカでバカで、バカすぎるけど、とても自由に生きているひと。

彼と会い、はじめは軽蔑《けいべつ》していたけど、そのうちに考えが変わった。

こんなに自由に生きていいんだ、と、天啓《てんけい》に打たれた。生き方が変わった。友達もできた。

そのひとに、いいところを見せることができない。彼のもとに行けない。

彼とおなじ、光の下を歩けない。

歩いてみたかった。一緒に生きてみたかった。

ごめんなさいです……。ばかカシム……。

——悔しい顔というのは、嫌な顔と、よく似ている。

すくなくとも、カシムにその区別はなかった。

「ああ、その顔だ。グーだぜ、グー。その顔がリアルってもんだ」

カシムは、そう言った。

「じゃ——ヤるぜー！」

そして飛びかかる。空中で、最後に残っていたパンツを脱ぎ捨て、全裸となって、宙を平泳ぎしてルーシアに迫る。

「いッ——!?　いやあぁぁぁ——っ!!」

ルーシアの渾身《こんしん》の右ストレートが、カシムを撃ち落とした。

悪霊の支配から、ルーシアは逃れた。ちょおおっと、本人が思うような展開でもなかったし、カシムのバカさ加減は、ちょおおっと、ルーシアの想定を超えていたけど――。

取り戻した自分の体を抱きしめるように、ルーシアはその場にへたりこんだ。だがその目は強く輝いて、怨霊たちに向けられている。

もう二度と渡さない。渡すものか。

「おっ？　ルーシアちゃん。戻ったんだな」

「た、ただいま……なのです」

カシムに肩を抱かれる。不思議と嫌じゃない。嫌な顔は、もう二度とできないかもしれない。

どんがらがっしゃーん。

飛ばされてきた氷炎の魔神が、前回と反対側の柱を、数本ほどへし折って、ひっくり返る。

『ちょっとまだァ!?　もうそろそろヤバいんですけどォ!?　てゆうかなにあのリッチ!?　あの強さなんなの!?　でたらめすぎるでしょ!?』

「あー、あれ、勇者業界標準なー」

ブレイドは、頭の後ろで手を組んで、そう言った。さっきからずっと、同じ姿勢だ。

「あと、決着は、そろそろつくみたいだぞー？」

玉座の間の入口に顔を向ける。

皆がぞろぞろとやってくるところだった。誰もが満身創痍《まんしんそうい》。傷のない者はいない。だが全員が自分の足で歩いてはいる。剣を杖《つえ》がわりにしても、とにかく自分の足で歩いてくる。

「よかった……、カシム……、ルーシアちゃんを助けたんだね」

クレアが言う。ちょっと涙が光る。その服は、ちょっとエッチな感じに破れている。モロ見せでなく、チラ見せが「エッチ」なのだと、ブレイドの最近わかったことだった。レナードあたりが、ささっと、自分のケープでルーシアの裸を紳士的に隠しにくる。でも隠しきれていなくて、こっちもチラ見せになっている。——うん、エッチぃ感じ。

「現状の確認に訪れた。勝者はどちらか？」

クレイに肩を支えられながら、マザーが歩いてきた。

空中にわだかまる怨霊《おんりょう》たちに、その目を向ける。

『一度自由になれたくらいで――、勝ったつもりでいるのか――！　再び支配すればいいだけだ！　こんどこそ――まぐわってくれるわ！』

「あらまー！　まぐわうですってー！」

イェシカが、きゃっきゃっと、はしゃいでいる。

『王紋さえあれば……！　完全な王紋さえあったなら……!!』

口惜しそうな怨霊の声が、広間に響き渡る。

「あるじゃん」

怨霊の言葉で、ブレイドは思いついた。

「ここに四葉と二葉の王紋があるじゃん。二つを合わせれば六葉で、完全じゃん？」

皆に聞く。特にカシムとルーシアに対して聞く。

「つまり……、まぐわえって？」

カシムが言った。その言葉に、ルーシアが真っ赤になる。

「や、です！」

「えーっ!? ルーシアちゃんイヤなのーっ!? てゆうか、オレだってヤだぞ？ もっと嫌そうな顔してくれよ！ なんだよそのちょっとだけ嬉しそうな顔はっ!?」

「嬉しそうな顔なんてしてないのです！ ばか！ ばかカシム！ ばーかばーか！ ざーこ！」

「意気投合してんな」

ブレイドは、うなずいた。マザーに問う。

「──な？　これなら、できんじゃね？　どうよ、マザー？」

「緊急事態であることだし。限定的に認める。シンクロ率は四〇％しかないが、まけておこう」

「そっか」

ブレイドは、カシムを呼びつけると、その耳に、こしょこしょと吹きこんだ。

「え？　なに？　それすんの？　──やるけど？　嬉しいし？　役得で、俺得だけど？」

「え？　なんですか？　ダーリン？　──って、ギャアアアアア！」

呼び寄せられたルーシアが、大声で絶叫した。

「ちょ──！　どこに手を入れてるんですかー！　バカー！　ザコー！　ちょっ、そこダメ！　らめええ！」

カシムはルーシアの太股《ふともも》に手を差し込んでいる。ケープを掛けられているが、ルーシアは、基本、全裸。下半身は、なにも穿《は》いてない。そこに手を押し込んで、まさぐって——。

「ギャアアアアア！」

「そうだ！　その顔だぁ！　これこそリアルってもんだぁ！」

二つの王紋が、重なりあっていた。

四葉と二葉、二つの不完全な王紋が重なり、一時的に、一瞬だけ、六葉の完全なる王紋が、空間を支配する。

「敗者は退場を願う。異次元ゲート開放——限定五秒。それでは事象の地平で永劫《えいごう》なる安寧《あんねい》を」

マザーが手をかざした空中に、穴が開いた。

底知れぬ闇に繋《つな》がるその穴は、強烈な吸引力を発して——だがそれは怨霊にしか作用しない。

『ぐぬぬぬ——、まだだ——まだ終わらぬよおぉ!!』

怨霊は抵抗している。吸い込まれまいとあがいている。

「ド、ラ、グ――」

ブレイドは、頭の後ろから手を離して、構えを取った。
いざというときのために練《ね》っていて、とっておいたのだが――。使う機会がなかったので、いま使おう。そうしよう。うん。俺もがんばろう。

「破竜殲剣《ドラグアニヒレーター》――ッ!!」

穴の向こうは、違う次元？　――とやらに続いている。
どれほど膨大《ぼうだい》なエネルギーを注ぎ込んでも、問題はない。

『ぐあぁぁぁぁぁぁ――ッ!!』

怨霊は超螺旋《ちようらせん》に呑《の》み込まれて、穴の向こうに消えていった。

向こうにたどり着けたか、その前に消滅したか、どちらなのかはわからない。

まー、ぶっちゃけ、どっちでもいいし。

『ねぇちょっ!? まだなのー!? もうほんとヤバっ!? ——あっちょっ!? いま攻撃するのやめて!? 死ぬ死ぬ!? もう死んじゃうから!?」

アーネストが騒いでいた。魔神状態を維持できずに、全裸で、不審な人になっている。

「もー、終わってるぞ?」

『む……? 雇い主がいなくなったか。ならば退散するとしよう。……そこの女。もっと腕をあげよ。その時には、きちんと殺してやるぞ』

リッチ・キングも姿を消す。

おー、すげぇ。氷炎の魔神って、すげぇ。

あいつに覚えられて、殺さないでおいてもらえるほどに強いんだ。あいつは見込みのある相手は、殺さずに逃がすのだ。強く育ってからの再戦に期待して——。

圧が消えると、皆、一様にへたりこむ。

「ああっ、しんどかったですわー。ブレイド様ぁ、ハグしてください、エネルギーください」

「死ぬ……、もう死ぬ……、すぐ死ぬ……、あううう……、もうだめ……」

「ドラゴン・ゾンビは手応えなかったのじゃ！　失格なのじゃ！　あれは竜種の腐ったやつなのじゃ！　鍛え直してやることにしたのじゃ！　親さま飼っていいかのー？」

「マスター。報告します。団体勝ち抜き戦は、大将戦において、僅差《きんさ》ですが勝利しました」

「楽しかったですー！」

みんなも、口々にそんなことを言っていた。

ブレイドも、いつもなら死にかけていたり、ぼろぼろだったりするのだが、今日は、割合と元気だった。破竜殲剣《ドラグアニヒレーター》、ぶっ放しただけだし。

それよりも、功労賞は――。

ブレイドは、カシムとルーシアに顔を向けた。

二人は気まずそうな顔で、おたがいに見つめ合っている。

その二人を、柱の陰からクレアが見ていた。

○SCENE「エピローグ」

「おーい！　こっちー！　水かけてー！　水ーっ！」

広いグラウンドで、一〇八人総出で、大仕事となった。

クーがテイムしてしまったドラゴン・ゾンビが、あまりにも臭《くさ》く、腐肉から腐汁が滴《したた》り落ちてくるもので、一〇八人総掛かりで、デッキブラシをごしごしとかけて、きれいな白骨に漂白している最中である。

「あっ！　そっち、お香を足してください。魂魄《こんぱく》が剝《は》がれちゃうです！　あとそこ！　魔方陣踏まない！　消えちゃうです！　バカですかザコですか！　ゴミ虫ですか！」

ルーシアは、学園唯一の死霊術士《ネクロマンサー》として、作業の総監督をやっていた。

闘争本能を満足させたドラゴン・ゾンビは、ややもすると、昇天していってしまいかねない。

「ルーシアちゃ～ん！」

軽い声と軽い足取り。たったたたー、スキップしながら、カシムが駆けてくる。

皆がブラシがけで働いている最中に、堂々とサボりだ。

「まあカシムだから」と、それで容認されてしまっている。スカートめくりして回っていないだけ、邪魔していないだけ、マシなほうという認識だ。

「あっ……、ダーリン♡」

ルーシアは、頰《ほお》を染めてカシムを迎える。

いまのはブレイドにも、わかった。皆がよく「語尾にハートマークつけてるよね」と話しているが、それがわかった。聞くんじゃなくて、見るんだ、あれは。いま空間に飛んでたハートマークが、たしかに見えた！　――ような気がする。

「なーなー！　ぱんつ見せてくれよー！　いま急に見たくなっちゃってさー！　あれからいっ

ぺんも見てないしー！　なっ!?　なっ!?　いいだろ？　なっ!?　なっ!?」

カシムは堂々と、そんなことを言う。

「だめだよカシム！　なに言ってるの！　だめに決まってるよ！」

クレアがずいと割り込んでくる。ルーシアをガードしにかかる。

「うるせ、ばーか。じゃあ、おまえが見せてくれるのかよー？」
「そ、そんなの……」
「なら黙ってろ。ばーかばーか。見せてくれないやつが、うるせーぞー、ざーこざーこ」
「カシムの……、ばか」

嗚呼《ああ》……、カシム……。
皆がなぜか、カシムの側に同情を向ける。……なぜわからない？　……なぜ気づかない？

ブレイド一人だけが——。

ん？　ん？　という顔で、誰か説明してくれる人を求めたが、誰も説明してはくれなかった。

「だ、ダーリンが……、言うなら……、見たいなら……」

ルーシアの手が、スカートをめくっていく。持ち上げていく。だがしかし――。

「やっぱりダメー！　できないです！　恥ずかしいのですー!!」

ルーシアは、だめだった。

もうだめだ。

軽蔑《けいべつ》して、嫌いだった頃には、普通にできた。平然と見せられた。

でも好きになってしまってからは――。

もう二度と、できる気がしないのだ。

あとがき

えー、新木《あらき》です。

アニメの話ですが。この巻が発売される二〇二三年六月末には、もう、アニメの放映直前となっていることでしょう。今巻の帯にもありますが、いちおうご紹介すると――。

TOKYO MX ――二〇二三年七月九日より毎週日曜 二三：〇〇～二三：三〇
サンテレビ ――二〇二三年七月九日より毎週日曜 二四：三〇～二五：〇〇
KBS京都 ――二〇二三年七月九日より毎週日曜 二四：〇〇～二四：三〇
BS日テレ ――二〇二三年七月十日より毎週月曜 二三：三〇～二四：〇〇

……の、模様です。（なお予定は予告なく変更になる場合があります）

そんなわけで、アニメ化に際しまして――。裏話的な内容でお送りしたいと思います。

まず『英雄教室』という物語が、どうして生まれたか――の話あたりは、あちこちで吹聴《ふいちょう》しておりますので、割愛《かつあい》するとして。

「英雄教室　インタビュー」あたりで検索すると、出てくると思います。ざっくりいえば、ある日、突然、「おっす。俺勇者。魔王を倒して平和をもたらした俺は……」と、元勇者が頭の中で話しかけてきたので、彼の言う話を書き取り、企画書だとウソついて提出したら、なんと通ってしまった。――的な内容です。

企画を出す段階では、構成なども考えます。その時、新木はすでにアニメ化経験（GJ部）のある作家でしたので、新シリーズでは、当然、アニメ化された場合を想定した構成にします。まあ狙ったところで、出来るもんじゃないのが、アニメ化というものなんですが……。それでも、もしアニメ化されたら、そのときに困らない作りにはしておくべき。

たとえば、伝統的かつ典型的なラノベの構成は、「一冊読み切り」という形態に特化したものとなっています。冒頭八〇ページぐらいは、ゆるゆると始まり、かわりにラスト一〇〇ページぐらいは怒濤《どとう》の熱きバトルが展開されたりと。

この構成の一冊を、三時間なり六時間なりかけて、一気に読むなら、最大のカタルシスが得られます。あるいは映像でやるなら、劇場映画で一二〇分の尺なら、ぴったりのサイズです。

でもアニメは、二〇分なのです。（除くOP・ED。本編ABパートのみ）

たとえば、クラスに転入生がやってきて、最初のHRおよび転入生がクラスに馴染《なじ》むまでで八〇ページ——とかいう構成だと、アニメにした場合の第一話は、キャラ紹介だけで終わります。なんも起きない。そんなん放送したら、大事故ですわー、一話切り確定ですわー。

アニメを見越して作るなら、一話目となる分量のなかに、「世界観」「主人公のモチベ」「味方キャラ」「物語の雛形《ひながた》」と、すべての要素が入っていなければなりません。

『英雄教室』であれば、「魔王を倒した元勇者が一般人の学校に通ってトモダチ作りに励《はげ》む。そして友達のトラウマをぶっ壊して解決する」というところまで。

ここで「雛形」といっているのは、今後も繰り返される物語展開の「最初の一回」という意味です。『英雄教室』の場合、延々、これを繰り返すわけです。「超生物がトラウマぶっ壊して友達を増やす」をエンドレスに繰り返すのが、『英雄教室』という物語ですので。

アニメを想定して作った『英雄教室』は——特に三巻目あたりまでが顕著《けんちょ》なのですが、毎回、読み切り短中編構成なんですね。小説の一話が、アニメの一話に収まるように作ってある。AパートBパート二〇分で、ちゃんと話が始まって終わる。「次回につづく」とは、やらない。

実際に、この夏放送される『英雄教室』のアニメでも、一話＝一ストーリー構成になってい

ます。（ちょっとだけ、こぼれちゃったりしている回もありますが、基本的には）

ここは、最初に脚本会議に参加させていただくとき、強く、要望した部分です。ええもう、床のうえに大の字に寝転がって、「一話＝一ストーリーでやってくんなきゃヤダー！　だって、そういうふうに作ったんだもん！」ってダダこねました。

そうして作られた『英雄教室』アニメは、毎話毎話、ヒロインのトラウマがぶっ壊されてカタルシスが打ち寄せます。楽しんでご覧ください。

この短編中編構成は、アニメ以外でも、マンガにおいても大変有効であることが判明しています。岸田《きしだ》こあらさんのコミックス版では、やっぱり、一話＝一ストーリーが基本になっています。これがまた読みやすくて――。ちょうどよいサイズのカタルシスが毎回押し寄せて、いい感じなのです。

けっこう探さないとないんですよねー。各話読み切りとなっているマンガって。希有《けう》です。レアなのです。

『英雄教室』は、これからも、各話読み切り形式と、超生物がトラウマをぶっ壊す展開を続けていく所存です。今後とも、原作小説もコミックスもアニメも、よろしく、お願いします。

ダッシュエックス文庫

英雄教室14

新木 伸

2023年6月28日　第1刷発行

★定価はカバーに表示してあります

発行者　瓶子吉久
発行所　株式会社　集英社
〒101−8050　東京都千代田区一ツ橋2−5−10
03（3230）6229（編集）
03（3230）6393（販売／書店専用）03（3230）6080（読者係）
印刷所　大日本印刷株式会社

ISBN978-4-08-631510-4 C0193